K.NAKASHIMA SELECTION VOL.3

古田新太之丞 東海道五十三次地獄旅

踊れ!いんど屋敷

Odore! indoyashiki

中島かずき

論創社

古田新太之丞　東海道五十三次地獄旅～踊れ！　いんど屋敷

扉・モデル
古田新太
高田聖子
羽野アキ
写真撮影
小田雅樹
タイトルロゴ
大島光二
イラスト
福田利之
◉
装幀
鳥井和昌

目次

古田新太之丞　東海道五十三次地獄旅〜踊れ！　いんど屋敷

◉登場人物

〈大江戸三馬鹿男〉
古田《ふるた》新太之丞《あらたのじょう》
からくり戯衛門《ぎえもん》
ふぃっとねす小僧半次《こぞうはんじ》

〈南蛮小屋の女達〉
南蛮《なんばん》阿国《おくに》
お春《はる》
お芝《しば》
お山《やま》

〈天草恐怖の三姉妹〉
天草《あまくさ》四郎《しろう》紀香丸《のりかまる》
天草《あまくさ》五郎《ごろう》奈々子丸《ななこまる》
天草《あまくさ》六郎《ろくろう》恭子丸《きょうこまる》

〈闇の死売人《しばいにん》〉
手妻使《てづまつか》いの弓吉《ゆみきち》
膨《ふく》らま師《し》の助蔵《すけぞう》
すっ転《ころ》がしの格次郎《かくじろう》
一本釣《いっぽんづ》りの筋平《きんぺい》

〈バテレンかぶれの軍学者一派〉
由比《ゆい》正雪《しょうせつ》
呪寝美坐或丸《じゅねびざあるまる》
由比《ゆい》海雪《かいせつ》
由比《ゆい》深雪《しんせつ》

〈変幻自在の風魔忍群〉
風魔木地郎《ふうまきじろう》
シコミ
バラシ
ナグリ
バビ平

〈歌う悪い人達〉
仮面《かめん》侍《ざむらい》X《えっくす》
曇屋丸兵衛《くもりやまるべえ》

〈謎のでか顔侍〉
糸引納豆之介《いとひきなっとうのすけ》

第一幕

一筆啓上
集まりて候
お江戸華街未練なし

序之景——江戸某所

深夜。曇屋の屋敷。
その奥座敷。背後には襖。
仮面侍Xと曇屋丸兵衛《くもりやまるべえ》が悪だくみをしている。

仮面侍　首尾はいかがかな、丸兵衛。
丸兵衛　上々かと。細工は流々、仕上げをごろうじろ、というやつですかな。ひゃっひゃっひゃ。
仮面侍　ふっふっふっふ。
丸兵衛　おお、お殿様、これを。（風呂敷包を差し出す）
仮面侍　これは……。

風呂敷の中には木箱。

そこからマイクを取り出す仮面侍。

丸兵衛　南蛮渡来の黄金マイクにございます。
仮面侍　（マイクを通じ）曇屋、おぬしも悪よのう。
丸兵衛　いえいえそんな。（と、自分の懐からもマイクを取り出す）すべてはお殿様のご計略通り。

二人、目を見合わせ笑う。

二人　うひゃ、うひゃ。うひゃひゃひゃひゃひゃ。

と、音楽。興に乗る二人。
仮面侍と丸兵衛、『歌う悪い人達のテーマ』を歌い上げる。
と、突然、その曲が止まる。

仮面侍　どうした⁉
丸兵衛　音響！　何やってんの。

スタッフに怒りをぶつける丸兵衛。
と、ふらふらと現れる音響スタッフ、その場に倒れる。

丸兵衛　あ、音効のいの八。どうした⁉

仮面侍　ええい、誰だ、誰だ。出てこい、曲者。

と、その時、草笛の音。

仮面侍　ぬ、ぬぁに！

男の声　人の世に　潜み咲いたる　悪の花　人知れぬ間に　今宵散るらん。

仮面侍　な、何奴⁉

と、いずこからともなく現れる黒覆面の忍びの一群。
襖を開ける。その後ろにまた襖。その後ろにまたまた襖。
たんたんたーんと開けると一条の光。
その中に立つ草笛を吹く剣士。声の主だ。
股間に天狗の面。古田《ふるた》新太《あらた》之丞《のじょう》である。

新太之丞　（草笛を捨て）曇屋丸兵衛、長崎奉行獣田素振衛門《じゅうだすぶりえもん》と組んで私腹を肥やした悪行の数々、天は許してもこの天狗の面が許しちゃおかねえんだよ。

丸兵衛　き、貴様か、今、噂の。

新太之丞　誰が呼んだか、世直し天狗。

股間の天狗の面を投げ捨てる。

新太之丞に襲いかかる黒覆面。殺陣。

丸兵衛　絵に描いたような展開だが、これは好都合。お殿様、こちらに。

仮面侍　おお。

二人、音効をひきずって駆け去る。

新太之丞　まてっ！

追おうとするが、忍びに囲まれる。

薙ぎ倒す新太之丞。忍び全員倒れる。

新太之丞　（丸兵衛達が消えた方を見ると大仰に）あ、逃がしたかぁ～。（見得を切る）

　　そこに千両箱を背中に担いだ半次登場。

半次　ご苦労様でした、旦那方。

新太之丞　もういいぞ、戯衛門。

　　忍びの中の一人、ムクリと起き上がる。からくり戯衛門《ぎえもん》である。

戯衛門　いったかな。

半次　いった、いった、雲を霞と消え去りましたぜ。

戯衛門　だったらさっさと逃げ出すか。（と、倒れている忍び達の背中のぜんまいを巻き出す）

半次　いやー、いつみても惚れ惚れしますね。まさかそいつらがゼンマイ仕掛だとは、曇屋も夢にも思うめえ。

新太之丞　戯衛門のからくりは天下一だ。もっとも、三分しか動かんのが玉に傷だけどな。

戯衛門　ゼンマイの限界だ。よし、行け。

　　からくり忍者、のこのこ消える。

新太之丞　この仕事が終わったら好きなだけ金が使えらぁ。半公、首尾は？
半次　バッチリですぜ、ほら。（背の千両箱を下ろす）
新・戯　おおーっ。
半次　しかし、連中の驚いた顔ったらなかったな。本当に斬られるもんだと思って、血相変えて逃げ出した。旦那の愛刀は竹光だ。人が斬れるわけがねえのにねえ。
新太之丞　大きなお世話だよ。
戯衛門　もっとも、俺たちの騒ぎに気をとられてる隙に土蔵が破られたと知ったら、もっと驚くだろうけどな。さすがは大泥棒、古田新太之丞だ。
新太之丞　戯衛門くん、それは誤解です。戯衛門　俺は世直し天狗、悪い奴の処から悪い金を奪って正しく使う。それが世直しってもんです。
新太之丞　吉原通いが、世直しかい。
半次　世の中、基本は愛ですよ。さあ、半次くん、幸せ探して、れっつごー。
戯衛門　おっけー、ぼす。

二人、軽やかに千両箱をパスしながら駆け出す。

戯衛門　待てー、二人ともちょっと待てーっ！

二人　は？
戯衛門　二人とも、今お前達がかついでるのは何だ。
新太之丞　おんな。
戯衛門　がっついてるものじゃない。かつぐ、上に持ってるものだ。
新太之丞　ああ、おんな。
戯衛門　飢えて待ってるものじゃない、もーそれしか頭にないのか。肩に、そこにのっけてるもんだよ。千両箱だろう。
新太之丞　そうだよ。
戯衛門　いいか、千両箱ってのは、中に小判が千枚入ってるから千両箱ってんだよ。わかるか。
新太之丞　当たり前じゃないか。小判千枚で千両。切り餅だと一つが二十五両だから、全部でひぃふぅみぃ……ひぃふぅみぃ、……わかりません!!
戯衛門　あー、もー、お前に聞いた俺がバカだった。わかりやすく言おう。重いんだよ、千両箱はものすっごく、重いの。だのに何、その身軽さは？
新・半　え？
戯衛門　可能性があるとすれば二つ。新之字、お前が初代ウルトラマンですら苦戦したスカイドンを、片手で持ち上げられるくらいの力持ちか、でなかったら、その千両箱がからっぽか。

新太之丞　前置きがなげえんだよ！（と、戯衛門をどつく）言いたいことがあるならさくさく言え、さくさく！　半次！

半次　へ、へい！（血相を変えて千両箱をみる）だ、旦那。ご安心下さい。空っぽじゃありません。

新太之丞　おおー、よかった、寿命が縮むとこだったぜ。で、中味は？

半次　（明るく）へい、紙切れが一枚。（掲げる）

新太之丞　この脳天めるとだうん野郎！（と飛び蹴り）

半次　ちゃいなしんどろーむ！（と吹っ飛ぶ）

戯衛門　（紙切れを拾い）こいつは南蛮文字だな。

新太之丞　南蛮？

戯衛門　ああ、後生大事にしまい込んでるところを見ると、ただの紙切れとも思えない。

新太之丞　そんなもんかね。（紙切れを受け取る）

その時、呼子の音。

半次　いけねえ、捕り方だ。

新太之丞　あー、こんなところでコントなんかやってるから、とんだ手間をくっちまった。戯衛門、半公、ずらかるぜ。

二人、うなずくと駆け去る。

新太之丞　（客席に）その時の俺は知らなかった。この紙切れが、俺達を地獄の道行に誘《いざな》う招待状だったことに。

目線を客席に流して——。

新太之丞　お待たせしました。劇団☆新感線二十周年記念、豊年満作あーもー長いよ！『古田新太之丞　東海道五十三次地獄旅～踊れ！いんど屋敷』、ここからの開幕でぃ！

見得をきって、走り去る。

——暗転——

第一景――日本橋

南蛮《なんばん》阿国《おくに》の歌とお芝、お春、お山のダンス。
歌が終わると、一旦暗転。
新太之丞ピン抜き。

新太之丞 で、俺達に話ってえのはいったいなんだい。

阿国にもピン。

阿国 百軒堀観音長屋の、からくり戯衛門、あいその半次……。

名前と同時にスポットが当たり、爽やかな笑顔の半次と戯衛門の姿が浮び上がる。

阿国　そして、古田新太之丞。

新太之丞ポーズを決めるがピン、ちょっとずれる。あわてて光の中に入る。

阿国　三人そろって、大江戸三馬鹿男……。

睨み付ける三人。

阿国　(その視線に)あ、失礼。三人揃って、大江戸探し屋稼業。失せ物探し人、大江戸八百八町広しと言えど、この三人にかかれば出てこないものはない、粗大ゴミまで拾って行っちゃうと評判のリサイクル野郎。

新太之丞　ま、いまをときめく南蛮阿国に、そこまで言ってもらえると光栄だがね。本当に評判なのはこの南蛮歌舞伎、江戸中の男達が一度は木戸をくぐろうかって人気の一座だ。探し物なら木戸番が一声かけりゃあ、たちまち噂になって、阿国さん、あんたのもとに知らせが届くとおもうがな。

と、いいながら動く新太之丞。

が、彼の動きよりもピンスポの動きの方がだんだん早くなるため、台詞の最後の方は駆け足になる。

阿国　それがそうはいかないの。これは、あなたたちと私だけのひ、み、つ。内緒にしてね、指切りしましょ、誰にも言わないでね。（と、歌い出す。帰り出す三人に）あ、帰らないで。

お春　わけがあるんです、わけが。

戯衛門　座頭《ざがしら》は思わず歌い出したくなるくらい、せっぱ詰まってるんです。なるほど、なんか事情がありそうだな。

と、きれいに照明に入っている戯衛門。

新太之丞　わかった。で、探し物ってのはなんなんだ。人か、物か、まあいい、そこまでいわれちゃ男がすたる。なんだろうとたちまち見つけ出してやるさ。

と、新太之丞が喋る端から逃げ出すピンスポ。追う新太之丞。

新太之丞　この大江戸探し屋稼業の俺達に（決めようとするが照明逃げる。おいつき）俺達に（きめようとするがまた照明逃げる）おれた、あー、待てこら！

照明が逃げた所に半次待っている。

半次　俺達に、任せてくんな！

ビシッと照明きまる。

新太之丞　あー、半公、てめー！

半次　へへ、わるいな旦那。早いもん勝ちだ。俺達に任せてくれ、ビシッ。俺達に任せてくれ、ビシッ。あー、気持ちいいなあ。

ビシッと言う言葉とともに決まる照明。

新太之丞　てめー、この野郎！（半次に襲いかかる）

半次　あー、ごめんなさい、しゃれですよ。しゃれ。

新太之丞　やかましい、人の照明を、人の見せ場を、こそ泥みたいな真似しやがって。（半次を殴る）

半次　だって俺、泥棒ですもん。

新太之丞　じゃかあしっやっ！（半次を殴る行為、激しくなる）

戯衛門　火に油を注いだな。
阿国　あー、たいへん。お芝、お春。

阿国達四人、新太之丞をとめようとするが、逆に彼女たちも襲われる。

女達　キャー、キャー。
戯衛門　無駄無駄。もう一度あいつに見せ場でもやらんことにはこの騒ぎはおさまらんよ。
阿国　あー、もー、しょうがないわねえ。照明！

思いっきり派手な照明。

半次　先生、出番です！
お春・お芝　よっ、新太之丞！

新太之丞、センターに立つと思いっきりきめる。

新太之丞　俺達に、あ、まかせてくうんなぁ〜。
阿国　（投げやりに照明に）はい、もういいわよ。ありがと。

新太之丞　あー、すっきりした。
半次　おつかれ様でした、せんせー。

半次、大スターの付人のように椅子を用意したりお茶を持ってきたりして新太之丞の世話をする。

新太之丞　やっぱ、俺がセンターに来んとおさまらんよな。
半次　おっしゃる通りです。せんせー。（流している）
戯衛門　で、探し物てのはなんなんだ。
阿国　先日、回船問屋の曇屋丸兵衛の家に賊が押し入りました。

お茶を吹き出す新太之丞。

阿国　どうしました？
新太之丞　いやー、なんでもない、なんでもない。
お春　押し入ったのは世直し天狗と名乗る大泥棒。
お芝　なんでも三人組の派手好き野郎達とか。
お山　どうせ、ろくでもない野郎にきまってるんです。

阿国　そいつらが、奪った千両箱、それを取り戻してほしいのです。
新太之丞　千両箱ねえ。
戯衛門　それはちょっと、ねえ。
新太之丞　お金なんかとっくに使ってるかもしれないしねえ。
半次　中味、からっぽだったりして。
阿国　どうして、それを！

新太之丞と戯衛門、笑顔で半次を殴る。

お春　座頭……。
阿国　お春。（うなずき）さすがはうわさの探し屋さん。耳が早い。見込んだだけのことはあった。こうなったら包み隠さず全部お話しいたしましょう。
新太之丞　なんか一人でずんずん話進めてるぞ。
戯衛門　つっこむな、新之字。好都合だ。
阿国　おさっしの通り、私たちはただの役者ではございません。
半次　ただの役者じゃなければ、印度の山奥で修行かなんかしてきたりして、はははははは。
戯衛門　半次、おもしろくない。
阿国　（驚き）な、なぜ、そこまで。

新・戯・半　はあ？

阿国　そうです、おっしゃる通り、私たち本当は印度人です。

新・戯・半　印度人？

阿国　知ってたんでしょ？

新太之丞　も、もちろん。一目見たときからわかったよ。おめえさんたちは普通の人じゃねえ。

戯衛門　丸めてのばして形が自由自在。
そりゃ粘土だよ。今言ってるのは印度、国の名前だ。海のずっと向こうのお釈迦様が生まれたところだ。

半次　どうやら曇屋の野郎、抜け荷だけじゃなくて人間までこの国にいれてたらしいっすね。

阿国　そうです。あの千両箱の中には私たちの素性がわかる書状が入っていたのです。

お春　あの手紙がご公儀の目に触れれば、もうこの国にはいられません。

お芝　いや、それどころか……。

戯衛門　ご禁制の鎖国破りだ。へたすりゃ、獄門打ち首か……。どうやら、とんでもない話にかかわっちまったようだな。

新太之丞　わかった、その書状、きっと俺達が見つけ出してやらあ。

阿国　ほんとですか。

新太之丞　この新太之丞にうそはねえ。

半次　なんたって、盗んだ張本人……。（新太之丞、戯衛門のパンチ）ぐわっ！
阿国　盗んだ奴らを見つけてくれればいいんです。あとの始末は、あたし達の手で。
戯衛門　あんた達が？
阿国　ええ！

女達、一斉に持っていた短刀を抜くと、新太之丞達に襲いかかる。
お山は新太之丞、お春は戯衛門、お芝は半次、それぞれの喉元に刀をつきつける。
その隙に、爪切りを持ち三人の間を駆け抜ける阿国。

阿国　いかがです？

三人、おのれらの手を見る。

半次　い、いつのまに！
戯衛門　つ、つめが切られている。親にも切られたことがない爪を。
新太之丞　それだけじゃねえ。夜中にやられたら、あやうく親の死に目にあえないところだった。
戯衛門・半次　ええ！

新太之丞　……いい腕だね、あんた。
阿国　伊達に海を渡ってはいません。印度剣法、虎殺し。印度の古い諺にこういうのがあります。
女四人　能ある虎の爪を切る。
戯衛門　どーゆー意味ですか、そりゃ。
阿国　考えちゃいけない。戯衛門さん、感じるんです。ここで……。(胸を指す)
戯衛門　……な、なんかこの仕事……。
新太之丞　ちょっと考えたほうがいいかなあ、なんて。
阿国　えー、それは冷たいんじゃ。うっ。

と、突然阿国が苦しみ出す。

お芝　座頭、座頭、しっかり。
戯衛門　どうした。
お春　発作です。千里眼の前の発作なんです。
新太之丞　食あたり?
戯衛門　正露丸じゃない、千里眼だ。大江千里が癌になったわけでもないぞ。一種の超能力だ。

お芝　阿国姉さん、ときどきこうやって霊感がはたらいて、遠くのこととか昔のこととかがわかるんです。

お山　きっと、世直し天狗のことよ。何か手がかりが見えたんだわ。

新太之丞　じゃ僕たちはこれで。

三人、去ろうとする。

阿国　（しゃがれ声で）待てー、そこの。待たんかいー。——見えるー、儂にはみえるぞー。おお、大きな城、……千両箱、……なんぱ男、そして丸眼鏡、おー、おー、おー！（新太之丞達を指さすと、失神。すぐに正気になり）あ、何をいっていたのでしょう、あたしは。

お春　大きな城、なんぱ男、丸眼鏡、きっと泥棒の手がかりよ。

阿国　なんぱ男に、丸眼鏡……？

女達、新太之丞達に訝しげな視線。

新太之丞　ははぁん、読めた。阿国さん、世直し天狗がどこにいるかわかったぜ。

一同　え。

新太之丞　いいか、大きな城といやあ、太閤殿下がつくった日本一の名城大阪城のことだ、なんぱ男といえば浪速のナンパ橋、眼鏡といえば、当然、食い倒れ人形の黒縁眼鏡。みんな大阪名物だ。曇屋に押し入った連中は、大阪にいる。

戯衛門　おお、非の打ち所のない推理だ！

新太之丞　古畑新太之丞でした。（と、決める）

そのまま、フェードアウトしようとしている新太之丞達。

阿国　いきましょう、大阪へ！

新太之丞　へ？（と、立ち止まる）

阿国　あなたの推理に間違いありません。いきましょう、大阪に。

お春・お芝・お山　いきましょう！

新太之丞　よーし、わかった！

戯衛門　ターイム、タイムタイム、作戦ターイム。

隅に新太之丞と半次を引っ張って行く。

中割閉まる。女達中割の向こうに消える。

戯衛門　どういうつもりだ、新之字！

新太之丞　なにが。

戯衛門　なにがじゃないだろ！　何しに行くんだよ、大阪まで。問題の紙切れはここにあるんだよ。いもしねえ泥棒探しに、旅に出るのか。

半次　そのとおりだ。

新太之丞　成り行きだよ。

戯衛門　何が「その時の俺は知らなかった」だ、なにが「地獄の道行への招待状」だ。オープニングで大見得きって、全部てめえの口からでまかせが原因じゃないか。

半次　そうそう。

新太之丞　だから、あの時はあれがかっこいいと思ったんだよ。

半次　あ、それはそうだ。

戯衛門　かっこいいじゃやすまされねえだろ。俺達があの紙切れ持ってるのがばれたら、どうすんだよ。

半次　困るっすよねえ。

戯衛門　世直し天狗の正体ばかりじゃねえ、この首まで落とされかねねえぞ。

半次　あちゃー。そりゃまずいや。

戯衛門　(半次に)てめーは、どっちの味方なんだよ！

新太之丞　大丈夫、大丈夫。俺に作戦がある。

戯衛門　作戦？

新太之丞　せっかく、あんなきれいどころとお知り合いになれたんだ。もっとふかーいおつき合いがしたいとは思わないか。東海道五十三次、長い旅だ。恋のチャンスはいくらでもころがってるぜ。（と、自分と阿国、一人二役）「あ、そこ石が」「グキ。（と、足をひねる）あ、いたーい」「大丈夫ですか、おぶっていきましょう」「でも」「いいんですよ」「ありがとうございます。おやさしいんですね」「いやー、夜はもっとやさしいですよ」わはははは。な。

戯衛門　何が、な、だ。そいつのどこが作戦なんだよ。

半次　おれ、旦那に賛成。

戯衛門　半次、きさま。

新太之丞　じゃいいよ、戯衛門、お前は一人残ってな。半次、俺はあの阿国にいくからな。

半次　となると、お春さんかお芝さんか……。

戯衛門　……お山さんには手をだすな。

半次　え？

戯衛門　仕方がない。お前達だけじゃあ、頼りないからな。

新太之丞　素直じゃないねえ。ま、いいだろう。これで決まりだ。（手を出す）新太之丞ーっ。

戯衛門　戯衛門ーっ。（手を重ねる）

半次　半次ーっ。（同様）

三人　ファイッ、オウッ！（手をはなす）
新太之丞　すみません。タイム終わりです。
阿国　まとまりました？

中割開く。女達、笠と杖をもった旅支度になっている。
遠くに日本橋が見える。

新太之丞　まとまった、まとまった。俺達、大江戸探し屋稼業にまかせてくんな。今日もお江戸は日本晴れだ。さあ、出発とするか。
半次　あ、日本橋だ。

日本橋のイルミネーションが光る。

女達　わあ、きれい。
新太之丞　お江戸名物、日本橋れいんぼーぶりっじ。俺達の旅立ちを祝ってくれてるようだぜ。

と、風魔木地郎《ふうまきじろう》の笑い声が響く。

木地郎（声）　はーっはっはっは。甘い、甘いぞ、古田新太之丞！
新太之丞　誰だ⁉

突然、日本橋が起き上がる。
木地郎の変装だったのだ。
あっけにとられた半次、彼に捕まる。

半次　だ、だんなーっ！
新太之丞　半次！（打ちかかろうとする）
木地郎　てい！（手裏剣を投げる）
新太之丞　く。（肩に手裏剣が刺さって刀を落とす）
阿国　新太之丞さま。（自分の短刀を渡す）
木地郎　はーっはっはっは。油断したなぁ、新太之丞。こんなこともあろうかと日本橋れいんぼーぶりっじに化けて三日間キャンプをしておったのだぁ。おっと動くな。動くと、この殺人ゆりかもめが、こいつの喉笛を切り裂くぜ。（と、半次の喉元にゆりかもめの車両型の短剣をあてる）
半次　ひ、ひぃっ。
木地郎　さあ、仲間の命が惜しかったら例のものを渡してもらおうか。

新太之丞　例のもの？
木地郎　それでわかるだろう。はっきり言うと、困るのはそっちではないかな。
戯衛門　新之字。
新太之丞　くそ、卑怯だぞ、風魔木地郎。
木地郎　ど、どうして儂の名を！
新太之丞　知られたくなかったら、いちいち手裏剣に名前書くんじゃゃねえ！
木地郎　し、しまった。几帳面な性格が裏目に出たか！
新太之丞　貧乏症っていうんだよ！
木地郎　さすがは古田新太之丞、この風魔隠し身の術をよく見破った。が、こちらの有利には変わりはない。この男の命がどうなってもいいのかな。
半次　だ、だんな～。
新太之丞　情けねえ声をだすんじゃねえ。わかった。（すたすたと木地郎に近づくと）やあっ。
（と、半次を斬る）
半次　うわぁっ！（倒れる）
木地郎　あ、な、なんて事をするんだ、貴様は！
新太之丞　やかましい、貴様が人質なんてとるからいけねえんだ。さあ、これで五分と五分。実力勝負といこうぜ、風魔！

あまりのことに動揺する木地郎。

木地郎　おのれー、覚えてろよ。この借りは必ず返す！

木地郎、逃げ出す。

戯衛門　（半次にかけより）大丈夫か、半次！

新太之丞　心配するな、戯衛門。俺の刀は竹光だ。半次と示し合せて、一芝居打っただけだ。ばかめ、忍びの癖にまんまとひっかかりやがった。しかし、なんで風魔なんかが俺達を狙う……。（蒼ざめている阿国に気づき）どうした？

阿国　違う……違う……その刀、あたしの。……本物。

新太之丞　え？（刀をみる）え？（阿国をみる）

ピクリともしない半次。

新太之丞　し、しまった！　半次、しっかりしろ、半次！　いってえ誰がこんな目に！

一同　てめえだよ！

ちゃんちゃんの暗転。

☆

暗闇に浮び上がる丸兵衛。

と、闇の中から女の声が響く。弓吉だ。

弓吉　あんたが頼み人だね。

丸兵衛　お前……。

丸兵衛から、顔が見えない位置に立つ弓吉。

弓吉　頼みの内容は聞かせてもらった。新太之丞とか何とか言う浪人者から密書を奪い返せばいいんだね。

丸兵衛　それだけじゃない。そいつらの口封じも。

弓吉　おっと、それ以上先に進むんじゃないよ。この顔を拝んだら、あんたが先に、ふふ、地獄行きだよ。

丸兵衛　強気な奴らだ。まかせて大丈夫かな。

弓吉　金で死を売る死売人《しばいにん》。闇の稼業に生きるあたしらの腕を信じておくれ。

丸兵衛　死売人……。

トランペットの音色が響く。
突然流れるナレーション。

ナレーション　月は晴れてもこの世の闇は
晴れぬ定めの涙雨。
首が飛んでも蠢く悪に
そっと幕引く裏稼業。
知られざぁ言って聞かせやしょう
闇に死を売る死売人。

同時にスライドで死売人達の顔が陰影深く映し出される。
障子に三人の人影が浮かび上がる。

弓吉　膨《ふく》らま師《し》の助蔵《すけぞう》。

竹の管を構える助蔵の影。

弓吉　すっ転がしの格次郎《かくじろう》。

バナナを構える格次郎の影。

弓吉　一本釣りの筋平《きんぺい》。

釣り竿をかまえる筋平の影。

弓吉　そして、手妻《てづま》使いの弓吉《ゆみきち》。

西洋カルタを構える弓吉。

弓吉　仕掛けてし損じなし。行くよ、お前達。

障子を抱えて走り去る死売人。

丸兵衛　頼んだぞ……。

不気味な笑みを浮かべる丸兵衛。

――暗転――

第二景――箱根

箱根の山。
お芝を引っ張って元気に走ってくる半次。

半次　いっやー、いい天気だなー、さすがは箱根のお山だ。ぜっけーかなぜっけーかな。ほら、お芝さん、見てごらん。（指さし）あれが、日本一の芦ノ湖だ。あ、山の向こうにゃ日本一の富士山が見えらあ、そしてこれが（自分の顔をさし）日本一の爽やかな笑顔だ。はははははは。（駆け出す）

戯衛門出てきて、半次をたたく。
後ろからお春・お山も続いてくる。

戯衛門　調子にのるな、ばか。

半次　あいたたた、少しはやさしくしてくださいよ。病み上がりなんだから。
お春　でも、よく生きてましたね。
戯衛門　丈夫なんですよ、無駄に。ほら、よくあるでしょう。ゴキブリ新聞紙でたたいて殺して、死んだかなーと思って、包んで捨てようとティッシュを取りに行った隙に逃げ出しちゃう。あれとおんなじ。しぶといんですよ、無駄に。
半次　ゴキブリ扱いはひでぇや。あれ、そういや新太之丞の旦那は？
戯衛門　あの男が普通に出てくると思うか。自分の登場シーンには、鳴り物入りで高舞台でも作らなきゃ出てこれないんだよ、あの派手好きは。

と、音楽。
黒子衆（シコミ・バラシ・ナグリ・バビ平）が一段高い舞台を持ってくる。
その上にいる新太之丞と阿国。

半次　だ、だんなー。
お芝　ねえさんまで。
戯衛門　な、いわんこっちゃない。

新太之丞、マイクを持っている。

新太之丞　さー、一発、ぷわーっと派手にいってみましょうか。

音楽イントロ盛り上がる。
二人歌い出そうとした時、突然舞台に新太之丞の身体が半分飲み込まれる。
阿国も同様。

新太之丞　な、なんだぁ⁉

と、木地郎の笑い声。

木地郎　はーっはっはっはっはっは。ひっかかったな、新太之丞！

と、高舞台の側面から木地郎の顔が出る。

戯衛門　ふ、風魔！
木地郎　ふははは、見たか、風魔忍法地獄のお立ち台。
新太之丞　しまった、罠かぁ。

木地郎　貴様の派手好き、高い所好きは、すでに調べはついておる。こんなこともあろうかと、三日前からここにキャンプを張って待っておったのじゃあ。新太之丞、今回は儂の勝ちだな。者ども、いくぞ！

黒子衆　はっ！

木地郎　では、さらばー！

新太之丞・阿国　うわーっ！

新太之丞達を捕まえたままの高舞台木地郎を押して逃げる黒子衆。

戯衛門　半次、いくぞ！

お春・お芝・お山　あ、座頭《ざがしら》ーっ！

あとを追おうとする一同。

そこに、手裏剣の音。

戯衛門　いかん！（素早く半次の後ろに隠れる）

半次　ちょ、ちょっとー！

そこに、妖しく響く女の声。

紀香丸(声)　そこから先はデンジャラスゾーン。死にたくなければ、先には進まないことね。

戯衛門　なに⁉

紀香丸(声)　エロイムエッサイムエロイムエッサイム、復讐するは我にあり——。

奈々子丸(声)　幕府に仇なす怨霊共よ——。

恭子丸(声)　我と共に来たりて——。

三姉妹(声)　我と共に呪うべし——。

音楽。

天草恐怖の三姉妹、紀香丸《のりかまる》、奈々子丸《ななこまる》、恭子丸《きょうこまる》、登場。三人、華麗なる悪の美学を艶やかに歌い上げる。

いつの間にか、お芝お春お山は消えて、戯衛門と半次のみ舞台に残っている。

半次　だ、誰だ、あんたら。

紀香丸　それは秘密です。

半次　は？

奈々子丸　我らの正体を知る者は全てインヘルノへまっさかさま。

恭子丸　華麗なる死の女神、それが我ら三姉妹。
紀香丸　新太之丞はいただいていく。
三姉妹　では、さらば！
戯衛門　さらばじゃないだろ。たったそれだけの用なら、なんであんな派手な登場するんだよ！
三姉妹　ほーっほっほっほっほっほ！
紀香丸　しりたいか。ならば教えてやろう。
恭子丸　歌いたかった。
奈々子丸　踊りたかった。
紀香丸　目立ちたかった。開演から三十分。この辺で一発かまさなければ、この後も続々と登場する変な人達の渦に飲み込まれ、印象うすーくなってしまう。ま、そういうことだ。
半次　よくわかんねえなあ。
戯衛門　まったくだ。天草四郎ともあろう者が、こんな山の中で歌って踊って何が楽しい。
紀香丸　ど、どうしてそれを！
戯衛門　だから手裏剣に名前書く癖はやめろってば！
半次　（投げつけられた手裏剣を見て）ほんとだ。
紀香丸　し、しまった！

二妹　おねーちゃん！
紀香丸　えろいむえっさいむえろいむえっさいむ。
戯衛門　察するところ、お前達、風魔の仲間だな。
紀香丸　ど、どうして、そこまで！
戯衛門　わかるよ、普通。おんなじボケかまして。流れで考えればわかるもんです。そんなに驚かれる方が恥ずかしいよ。
半次　さっすがあ、からくりの旦那だぜ！
戯衛門　半次、うれしくない。
三姉妹　はーっはっはっはっは。
紀香丸　ばれてしまっちゃあ、しかたない。いかにもそこの目つきの悪いお兄さんの言うとおり。——我が名は、天草《あまくさ》四郎《しろう》紀香《のりか》丸《まる》。
奈々子丸　天草《あまくさ》五郎《ごろう》奈々《なな》子丸《こまる》。
恭子丸　天草《あまくさ》六郎《ろくろう》恭子《きょうこ》丸《まる》。
三姉妹　誰が呼んだか、天草の美人三姉妹。
半次　桂三枝まい？
三姉妹　どーもぉー。（と、桂三枝の真似をする）

去ろうとしている戯衛門と半次。

紀香丸　あ、帰らないで。

戯衛門達を押し留める三姉妹。

半次　なにもんなんですか、こいつら。

戯衛門　さあな。天草四郎といえば島原で起こった切支丹伴天連《キリシタンバテレン》達の反乱の総大将だったと聞くが、もうとっくに死んだはずだ。

半次　じゃ、幽霊？

三姉妹　エロイムエッサイムエロイムエッサイム……。

紀香丸　その通り。私たちは、天草四郎時貞《あまくさしろうときさだ》が亡霊。

奈々子丸　徳川の世に仇なさんとする生き霊ぞ。

恭子丸　生き霊って？

奈々子丸　ほらあの、振り子打法の。

紀香丸　それはイチロー。オリックスの四番打者。あたし達は生き霊。

恭子丸　生き霊って？

奈々子丸　トランペット持った、太陽電池で動く。

紀香丸　それもイチロー。キカイダー01。あたし達は、生き霊。

恭子丸　生き霊？
紀香丸　そう、生き霊。
奈々子丸　（いきなり五代くんになる）管理人さん。
紀香丸　（響子さんになる）あら、五代君。
奈々子丸　管理人さん。お願いがあります。
紀香丸　なあに。
奈々子丸　俺が、俺が就職したら、その、俺と。俺、前からずっと管理人さんのことが……。あの、その。
恭子丸　ワンワン、ワンワン。（と奈々子丸にほえかかる）
奈々子丸　あ、なにする。なんだ、この犬は！
紀香丸　およしなさい、惣一郎……って、それは惣一郎！「そう、生き霊」じゃなくて、そ・う・い・ち・ろ・う！『めぞん一刻』の響子さんが飼ってた犬。あたし達は、い・き・り・ょ・う!!
恭子丸　生き霊って？
戯衛門　やめーいっ！いいかげんにしろ、お前達。なんだ、その惣一郎ってのは。時間ばっかり食って、客席誰もついてきてないぞ。この芝居は『伴天連おんな漫才師珍道中』か。さくさく話を進めんかーい。
紀香丸　んっふっふっふっふ。いいのかな。

戯衛門　なにぃ。
紀香丸　私達はボケたくてボケていたわけではない！
奈々子丸　我らの正体を知られた以上、生かしておくわけにはいかない。
恭子丸　このボケが終わった時、それがお前達の最期。
紀香丸　安易なつっこみが、死を招いたようね。眼鏡くん。
戯衛門　そんな……。
半次　だ、だんなぁ～。
紀香丸　この天草四郎紀香丸の恐ろしさ、今こそ教えてやろう。こわい話パート1。「白い服の女」。

紀香丸のみにピン。不気味な音楽。

紀香丸　（客席に）これはわたしの友人から聞いた話です。ある秋の日、友人は数人で紅葉を見にドライブに出かけました。秋の陽は落ちるのが早く、慣れぬ道と言うこともあったのでしょう。抜けるはずの国道にいつまでたってもたどり着かず、逆にどんどんと山に入っていく感じでした。細かいカーブをいくつも越えたところで、運転していた男が真っ青な顔で尋ねました。「今、女の人がいなかったか」。彼が言うには、さっきからカーブのたびに長い髪の白い服の女がカーブミラーの下に立っていたというのです。「そんなばかな」友人が笑ったその時、フロントガラスの前を白いものが通り過ぎました。「あぶない！」ハンドルを切ってあわててブレーキを踏むと、車は断崖絶壁のギリギリのところで止まっていました。危うく、崖から落ちるところだったのです。「ああ、助かった」そういってバックしようとしたその時、フロントガラスの上の方からいきなり、血走った目の女が顔を出し「落ちればよかったのに」。（と、いうように本当に恐い話をする。もっと恐い話を知っていればその方がいい）

恐がる恭子丸と奈々子丸。

二妹　うわーうわーうわー。
恭子丸　むちゃむちゃこわいわあ、それ。
奈々子丸　あたしはいつオチがつくかと思ってたのに。
紀香丸　はっはっは、どう、私の恐さ思い知った？

動きが止まっている戯衛門と半次。

紀香丸　恐怖に金縛りにでもあったかな。

奈々子丸　にしちゃあ、様子が変よ。

後ろに回って様子を調べる恭子丸と奈々子丸。

恭子丸　しまった、やられた。
紀香丸　どうしたの⁉
奈々子丸　こいつら、からくりよ。すりかわってたのよ！

戯衛門と半次の背中を見せる。大きなゼンマイがついている。
ネジを回すと、ゼンマイ仕掛けの動きで袖にはける二人。

紀香丸　い、いつの間に！
恭子丸　ねえちゃんが延々と、恐い話なんかしてるからよ。
紀香丸　おのれー。きっと木地郎達の後を追ったんだわ。合流しましょう。

三姉妹、走り去る。

☆

駆け込んでくる、忍び装束の木地郎と黒子衆。

木地郎　むっ。（地面に耳をあてる）

木地郎の頭の上に次々と耳をつける黒子衆。重ね餅のようになる。

木地郎　あー、重いー重いー。やめんか、馬鹿ども！
黒子衆　（離れて）はっ。
木地郎　シコミ。バラシ。ナグリ。バビ平。

四人、呼ばれた順にかしずく。

木地郎　追手は四人、かなりの手練れとみた。お前達はここで迎え撃て。くれぐれも我らの足取り悟られるなよ。
シコミ　心得ましてございます。
木地郎　頼んだぞ。（駆け去る）

刀を抜き身構える四人。
と、無数のシャボン玉が飛んでくる。

四人　なんだ？

トランペットの音。必殺風音楽。
シャボン玉を膨らませながら助蔵登場。

バラシ　貴様！

打ちかかるバラシ。助蔵、それをかわすと背後に回り、バラシの尻の穴に竹管を突き立てる。そこから息を吹き込むとバラシの腹がふくれあがる。

バラシ　やめて止めて助けて止めて。

その腹を、針でつく助蔵。破裂して倒れるバラシ。

ナグリ　お、おのれ！

と、ナグリの背後、離れて立つ格次郎。手にバナナを持っている。ゆっくりとポーズを決めながらバナナの皮を剥く格次郎。

ナグリ　（格次郎に気づく）貴様。

刀を構え格次郎に駆け寄るナグリ。
格次郎、剥いたバナナの皮をナグリの足下に投げる。バナナの皮にすべって転ぶナグリ。その上にのり、バナナでナグリの額に釘を打つ格次郎。ナグリ絶命。

バビ平　なに！

と、バビ平の背後から現れる筋平。手に巨大な冷凍カツオを持っている。刀でうちかかるバビ平だがカツオには歯が立たない。逆にカツオで叩きのめされる。

バビ平　か、かつおのたたきかぁ〜。（倒れる）
筋平　（生姜を投げ）冥土の土産の生姜おろしだ。

バビ平、力つきる。

シコミ　ひぃぃっ〜。

逃げようとするシコミの前に立ちはだかる障子。女の影が映る。

シコミ　うわぁ！（障子を斬る）

斜めに切れる障子。その後ろに立っている弓吉。音楽、必殺アレンジの「オリーブの首飾り」的な音楽。爽やかな笑みで出てくる弓吉。奇術師の姿。

助蔵、格次郎、筋平、アシスタントとして大きな箱を持ってくる。

シコミにその中に入るようにうながす弓吉。シコミ、なんだか楽しそうにその中に入る。蓋を閉めると、剣を出す弓吉、にこやかな笑みで一気に箱を突き刺す。

箱から苦しんでいるシコミの手が出て、すぐに動きが止まる。弓吉、蓋をちょっと開けて中を覗く。「おーまいがー」という顔の弓吉。が、すぐに作り笑いを浮かべて、箱を舞台袖に押してゆく。

「おーい」とつっこむ死売人の男三人。ダッシュで戻ってくる弓吉。

死売人、ポーズを決める。音楽終わる。

弓吉　しまった。
助蔵　どうした。

弓吉　人違いよ。
格次郎　なにー。
弓吉　こいつら、新太之丞たちじゃないわ。
助蔵　しっかりしてくだせえよ。人相書きみたのは姉御だけなんだから。
弓吉　いや、あたしもね、なんか変だなとは思ったんだよ。
格次郎　だからいつも言うとるやろ。眼鏡かけなはれって。ど近眼の癖にかっこつけるから。
弓吉　だって、こんなとこ三人組でうろうろしてるほうが悪いのよ。
格次郎　四人。わてらがやったんは四人や。目だけやのうて、頭までいけなくなりましたか。姉さんは。
弓吉　なんですって。
助蔵　まあまあまあ。
筋平　どうすんだよ。近くで殺しがあったってばれりゃあ、奴らだって警戒するぞ。
弓吉　なんとかなる、なんとかなる。
格次郎　どう、なんとかなんのや。狙う獲物が向こうの方からスキップして、現れてくれるとでもいうんかい、え。

そこに、スキップしながら現れる半次。

半次　へっへー、ばか女どもが。てめーらの漫才にいつまでもつきあってられっかよ。あばよ。
弓吉　あ。あいつだ！
半次　へ？

半次の本能が危機を察知。ダッシュで逃げ出す。舞台袖に消える。

弓吉　筋平。
筋平　おうよ！

背負っていた釣り竿を振ると、リールを巻く。口にルアーをひっかけた半次が、引っ張られたように戻ってくる。

半次　あたたたたたた。

と、駆け寄った助蔵が竹筒を半次の尻につき立て、もう片方の端を口に咥える。

格次郎　動くな。動くとあんさんのはらわたがパーンといくぞ。

弓吉、半次の顔を間近にのぞき込み。

半次　な、なんなんですか。あなた達は。

弓吉　まちがいない、こいつよ。新太之丞の連れのからくり戯衛門。

半次　は、半次っす。あっしは半次。

格次郎　姉さん。

弓吉　細かいことは気にしない。とりあえずアジトへ運べ。

筋平　はいな、あねさん。

半次　な、なにするんすか。

半次をひっつかむと連れてゆく筋平。

半次　ひ〜ん。おいらの運命や、いかに〜。

立ち去る死売人。

——暗転——

第三景——三島

曇屋の隠れ家。
椅子に縛りつけられている半次。
弓吉、助蔵、格次郎に筋平が囲んでいる。

半次　（気がつく）ここは……。（回りに気づき）あ。てめーら、なにしやがる。
弓吉　やっと気がついたようね。
半次　てめー、何もんだ。なんでこんな目に……。
筋平　威勢だけはいいようだな。
助蔵　密書をどこに隠した。
半次　は？　なんの話ですか。
弓吉　おっけーおっけー、そうこなくっちゃあ面白くない。
格次郎　せっかく捕まえたんや。少しは楽しませてもらわんとな。

半次　楽しむ？

その時、丸兵衛と仮面侍Xの声。

丸兵衛（声）　楽しい楽しいショーの始まりということよ。
仮面侍（声）　オーケイ、エブリバディ、イッツショウタイム。

照明、一変。派手な音楽。
と、スポットライトを浴びて登場する仮面侍Xと丸兵衛。手にマイク。
バックダンサーに、仮面をつけた女達。（その正体はお春、お芝、お山。伏線）
死売人達も加わり、「楽しいショータイム」の歌。

仮面侍　はい、というわけで始まりました。
丸兵衛　始まりました。
仮面侍　「楽しいクイズショー、教えて半次さん」
丸兵衛　半次さん。
仮面侍　司会を務めます、私、謎の仮面に包まれた正体不明のいい男、通称仮面侍Xと……。
丸兵衛　丸い身体に丸い顔、いつもニコニコ死の商人、曇屋丸兵衛の。

二人　歌う黒幕ーズ。

拍手する仮面女達。

半次　く、クイズショー？

仮面侍　その通り。賞品は、お前の命。

丸兵衛　生きるか死ぬか、人生最大のギャンブルの瞬間。

半次　（二人の顔を見て）……あれ、あんたら。

丸兵衛　おや、この顔に見覚えでも。

半次　いえ、と、とんでもないです。

仮面侍　ふふん、ごまかせごまかせ。とぼけていられるのも今のうち。

弓吉　助蔵くん、出番です。

助蔵　おうっ。

弓吉　この助蔵くん、一見普通の男に見えますが、そんなことはない。蛙の尻に竹を突っ込んで破裂させたのが二歳のとき。それからはもうすっかり病みつきになって、次から次にいろんな生き物を破裂させて殺し、いまでは牛一頭を吹き殺す肺活量を持っている。誰が呼んだか膨らま師の助蔵。

などと弓吉が言っている間に、てきぱき準備をする助蔵。ホースのついたボンベ、その先に大きな風船をつけると、半次の椅子、頭の上に取り付ける。
仮面女達も準備を手伝う。

半次　な、なんのつもりだ。
丸兵衛　はい、じゃあルールの説明です。
仮面侍　おお、ルール。
丸兵衛　今から半次さんに質問をします。答えられないときは、その風船がどんどん膨らんで、あなたの頭の上で破裂する。
半次　え、ちょ、ちょっと……。
仮面侍　風船の中には小麦粉がいっぱい。失敗すれば、半次さんは真っ白け。おー、こわいですねー。おそろしいですねー。
丸兵衛　風船どきどきぱにっくクイズ、すたーと！
一同　おしえて、半次さん。

と、ポーズをつける。
と、突然質問がナレーションで流れる。

ナレーション　問題です。太郎さんはリンゴを三個とミカンを五個買いました。では、よし子さんは？

半次　え？　何が？

ブザーが鳴る。

半次　おい！

丸兵衛　はい、風船、レベル１。

半次の上の風船ふくらむ。

半次　あー、おい、やめろー。

ナレーション　問題です。落語「寿限無」に出てくる長い名前の男の子は？

半次　じゅげむじゅげむごこうのすりきれ、かいじゃりすいぎょのふうらいまつうんらいまつすいらいまつ……。

ブザーの音。

ナレーション　時間切れです。

半次　あ、きったねえなぁ。

仮面侍　おお、半次さん、ピンチ。風船レベル2。

半次の上の風船ふくらむ。

ナレーション　第三問。今から流すテープは、先日ある居酒屋で録音したものです。さて、しゃべっているのは誰でしょう。

テープ流れ出す。

声　だからあ、新感線は俺で持ってるの。二十周年？　笑っちゃうね。いっとくけど、俺よ。俺が入ってなきゃ、もうつぶれてるね。右近？　村木？　インディ？　だめだめ。俺よ、俺。この（ピーという音）様よ……。

声の主、半次と同じ声である。

一同、半次をにらみつける。

半次　え、なにこれ、やだ、まずい。

風船ぐんぐんふくらむ。

半次　あー、い、磯野慎吾くん。

格次郎、半次をはたく。
ブザーの音。助蔵、風船を針で割る。
中に白い粉。粉まみれになる半次。

丸兵衛　さすがは、新太之丞の一の子分。風船どきどきぱにっくクイズをよく逃げ切った。

半次　ひ、必要な事は何もきかれてないんですけど。

助蔵　当たり前だ。何のためにこれだけの仕掛を作ったと思ってるんだ。簡単にぺらぺら喋ってもらっては、コツコツつくったこの俺と、俺を支える優秀な小道具班の立場ってもんがねえだろう。二十年だぞ、二十年。二十年、うんこだなんだと、くだらないものを作り続けてきた小道具班だ。それを、おめえは、おめえという奴は。この人でなしが！

弓吉　助蔵。もういい。もういいよ。（暖かく抱きしめる）

仮面侍　さ、次の拷問に言ってみようか。

半次　わかりました。いいます、いいます。盗んだ密書のありかは――。

全員、耳を塞ぐ。弓吉、懐から万国旗を出すと半次の口に突っ込む。

仮面侍　まだまだ。こんなものでは。

弓吉　最近、お江戸を騒がす大泥棒、世直し天狗とつるんで、悪徳商人の蔵をかっさらい代わりに怪しげな健康器具を置いていく。

助蔵　しかも、支払いのクレジットも、盗んだ相手の名義にしている非道ぶり。

半次　もが。

格次郎　そのふぃっとねす小僧ってえのが、半次さん、あんさんにそっくりなんや。

半次　もがもが。

丸兵衛　どうしてそれを、といいたいのかな。蛇の道は蛇、彼らは闇の殺し屋稼業。闇の世界の噂はつつぬけだ。

仮面侍　ごまかそうったって、無駄無駄無駄無駄。お前の身体に聞けばすぐにわかることだ。

丸兵衛　ふぃっとねす小僧は音楽に弱い。派手な曲が流れると、身体が勝手にえくささいず。さて、どこまで我慢できるかな。

弓吉　かもん、みゅーじっく！

派手な音楽。
レオタード姿の筋平と仮面の女達、出てくると音楽にあわせて踊る。
それを見ていて、足が動き出す半次。必死で抑えようとするが、限界点突破。

半次　ももがーっ！（縄を引きちぎると立つ。口から万国旗を引き抜く）だめだ、もう我慢できねえ！（着物を脱ぎ捨てると下はレオタード姿。踊りに加わる）

踊り狂う半次。爽やかな笑顔が妙にやな感じ。

弓吉　さあ、おいい、半次。密書のありかはどこ？
半次　旦那だー！　新太之丞の旦那が持ってる筈だー！
丸兵衛　はい、どうもありがとう。（手をたたく）

音楽とまる。崩れ倒れる半次。

半次　しまった、身体が、身体が勝手に……。
女達　どーもでしたー。（消える）

弓吉　新太之丞ねえ。
助蔵　一からやりなおしだな。
筋平　こいつはどうする？
仮面侍　かまわん、始末しろ。
半次　ち、ちくしょう〜。

その時、男の笑い声が響く。糸引納豆之介《いとひきなっとうのすけ》だ。

納豆之介(声)　ふっふっふっふっふっふ。ふっふっふっふっふっふ。
弓吉　だ、だれ！
納豆之介(声)　ひと一つ、人より力持ち。
助蔵　どこだ！
納豆之介(声)　ふた一つ、ふるさと後にして。
格次郎　姿をみせろ！

糸引納豆之介、般若の面に女物の薄物を掲げて桃太郎侍風に登場。

納豆之介　みっつ、未来の大物だ。みっちゃんアッパレ、人気者。

筋平　な、何奴だ。

納豆之介　てんてん天下の、いなかっぺ侍！（面をはずし、薄物を投げる。傾奇者《かぶきもの》風の格好。ただし顔はでかい）

丸兵衛　なにぃ。

納豆之介　曇屋丸兵衛。勘定奉行藻鳥来右之介《もとりくるうのすけ》と組んで私腹を肥やした悪行三昧、天が許してもこのいなかっぺ侍が許しちゃおかねえんだ。覚悟しやがれ！

仮面侍　おぬしもあちこち手を広げてるなあ。

丸兵衛　商売繁盛、商売繁盛。

納豆之介　それればかりじゃねえ。さっきから見てれば、罪もねえ町人をよってたかっていたぶりやがって。てめえら人間じゃねえ、叩っ斬っちゃる！

丸兵衛　罪あるんだよ、泥棒だもん。

納豆之介　え？

丸兵衛　習ったでしょ、寺子屋で。人のもの勝手にとっちゃいけないって。悪いのはこいつ。

半次　ないしょ、ないしょ。

納豆之介　ええい、ききとーないききとーない。俺がルールブックだー。

格次郎　無茶言うわ、この人。

筋平　なんなんだよ、お前は。

納豆之介　ただのお節介野郎。そうだな、糸引納豆之介とでも呼んでもらおうか。

弓吉　脳が糸引いてるような奴ね。
丸兵衛　ああ、もう。なんだかしらないが、死売人のみなさん、よろしくお願いします。
弓吉　いやよ。
丸兵衛　え。
弓吉　あたいらの仕事は、密書の奪還と新太之丞。こいつの相手は、頼みの筋が違う。
丸兵衛　そ、そんな。
弓吉　みんな。新太之丞のあとを追うよ。
死売人　おう。
弓吉　じゃね。

駆け去る死売人達。

丸兵衛　な、なんて奴らだ。
仮面侍　じゃ、拙者も……。
丸兵衛　あ、お殿様。
納豆之介　おっと、そうはいかねえ。（仮面侍に）あやしいなあ、あやしい、あやしい。その仮面、その声、その腹。あんた、怪しすぎるぜ。
仮面侍　怪しいのは、お前の芸風だよ。

と、そこに現れる二人の山伏。手に刀。由比海雪《ゆいかいせつ》と深雪《しんせつ》だ。

海雪・深雪　お殿様。
仮面侍　おお、いいところに。
海雪　ここは我等に任せて。
深雪　お殿様ははやく。
仮面侍　わかった、あとは頼むぞ。
丸兵衛　あ、お待ちを。

二人逃げ出す。

納豆之介　待て。

追おうとする彼の前に立ちはだかる海雪と深雪。納豆之介に斬撃。
それをかろうじてかわす納豆之介。

納豆之介　とと。そう簡単には通しちゃくれねえかい。いいだろう。そっちがその気ならこっ

海雪　ちもこの気だ。

納豆之介　はあ？　この気は何の気で気になる気だろうが、べらぼうめ。さあ、どこからでもかかってきやがれ！

意味不明の事を言いながら、大きく両手を広げて二人に立ち向かう納豆之介。

深雪　素手だと。なめてるのか。

海雪　そんなことでひるむ我等ではない。

うちかかる海雪。

納豆之介　でや！

真剣白刃取りの要領で大きく手を合わせる納豆之介。が、その時には海雪の刀は、彼の頭に深く食い込んでいる。

海雪　……………。

納豆之介　…………。
深雪　とおっ！
打ちかかる深雪。その刀を頭で受ける納豆之介。
深雪　…………。
納豆之介　（突然叫ぶ）いたくなーい！
海雪・深雪　うわわっ！
二人、びっくりして、刀を納豆之介の頭の上に残したまま離れる。
納豆之介　はーっはっはっは。みたか、真剣頭取り。伊達に大きな顔してるわけじゃねえんだよ！
海雪　く……。
深雪　あ、兄者。
海雪　こうなれば、あれを使うぞ。
深雪　はっ。

海雪、深雪を肩車。

海雪・深雪　臨・兵・闘・者・皆・陣・列・在・前。（と、印を組むと）暗転！

突然、暗転になる。

納豆之介　あ、暗いよー、怖いよー。（突然泣き出す）

海雪・深雪　ふはははは。また会おう。

その隙に逃げ出す海雪・深雪。

半次、明かりをつける。

納豆之介　（それまで泣いていたのにケロリと）だいじょうぶか。

半次　それは、こっちの台詞ですぜ。その頭。

納豆之介　心配するな。俺の頭の皮は人一倍厚い。それを、日光の滝で五年うたれて鍛えた技だ。こんな、へぼ刀おそるるにたらん。はっはっはっは。

と、頭の刀を抜いたりさしたりしながら半次に歩み寄る。なんか不気味。

半次　……あ、あぶないところを有難うございました。それじゃあ、あっしも。

納豆之介　（半次に刀をつきつけて）と、いうわけにはいかん。こっちには聞きたいことがある。心配するな。（刀をしまい）妙な真似しなきゃあ、手荒なことはしねえ。……新太之丞はどこだ。

半次　しってんですか？

納豆之介　まあな。てめえら、天下の一大事に巻き込まれてるぞ。

半次　え？

納豆之介　あの南蛮密書にはな、徳川幕府転覆の大陰謀が隠されてるんだよ。

半次　はあ？

啞然とする半次。

納豆之介　ふっふっふ、はーっはっはっは。

笑うが、暗転。突然泣く。

納豆之介　暗いよー、怖いよー。

二人、闇に消える。

☆

音楽。天草三姉妹の歌。

ひとしきり歌うと、姿を見せる新太之丞。スポット。

新太之丞　謎の南蛮密書を巡り、風雲急を告げる東海道！　幕府転覆の大陰謀とは何か⁉　怪人変態入り乱れ、血煙立つか、地獄旅！　そして我等が新太之丞の活躍やいかに⁉『古田新太之丞　東海道五十三次地獄旅～踊れ！　いんど屋敷』十五分間の、あ……。

と、ポーズを決めようとするがスポットがちょっとずれる。あわててスポットの中に入り、改めて。

新太之丞　十五分間の、あ……。

と、反対側にスポット。半次がいる。

半次　あ、きゅうけい～！

と、格好をつける。拍子木。
新太之丞、怒って半次を追う。
半次ダッシュで逃げる。

〈第一幕・幕〉

第二幕

問答無用のどたんば勝負
終わりに殺陣をどうぞ

第四景――再び箱根

音楽。
駆け込んでくる新太之丞と阿国。
追って出てくる風魔黒子衆、シコミ弟・ナグリ弟・バラシ弟・バビ平弟。
新太之丞達と黒子衆との殺陣。
彼におされて逃げる黒子衆。

新太之丞　ふん、たわいもない。この古田新太之丞を虜にしようなんざ百年はええんだよ。
阿国　でも、なんでこんなにあたし達のことを襲うのかしら。
新太之丞　阿国さん、あんたが探してる書付けには、いってえ何が書いてあったんだ。
阿国　私達、印度の国のいろんなこと、観光案内みたいなもんです。それに私達の名前が書いてあった。それが何か。何か心当たりでも。
新太之丞　ないないない。そうだ、奴ら、きっと妬いてるんじゃないかな。ぼくと君のことを。

阿国　は？

新太之丞　運命って信じるかい。ぼくは信じる。阿国さん、いや阿国。（抱きつこうとする）

阿国　あ、ごみ。

しゃがむ阿国。空をきる新太之丞の腕。

阿国　ほら。（と、ゴミを渡す）

新太之丞　なんだ、こんなもの。（投げようとする）

阿国　だめ！（と、新太之丞の頭を叩き）ゴミのポイ捨てはだめ。ちゃんとゴミ箱に捨てなさい。

新太之丞　わかった。わかりましたよ。

と、隅に木製のポリバケツ（ポリバケツ時代劇風）がある。見るからに怪しい。

新太之丞　……。（阿国に黙ってろという仕草。袖からガムテープを持ってくると蓋を固定してからわざとらしくいう）おお、こんなところに丁度ゴミ箱が。こいつにすてませう。

阿国　それがいいです。そうしませう。

と、ゴミ箱の中から木地郎の声。

木地郎　はーっはっはっは。あ。（蓋があかない。ゴミ箱がガタガタ揺れる）だせー、ばかー。

新太之丞、蓋の一部を刀でくりぬいてやる。顔だけ出す木地郎。

木地郎　さすが古田新太之丞、よく見破った。

新太之丞　馬鹿か、お前は。ふつーわかるよ。そー、何度もおんなじ手が通用すると思ったか。

木地郎　そうだ、今後の見せしめにおでこにバカって書いてやる。（懐からペンシルをだす）

阿国　あー、やめてー。

待って、それはかわいそう。……眉毛を書きましょう。ついでにおひげと黒い鼻。

（と書く）

木地郎　ばか、やめんか！　俺は小学校に迷い込んだ野良犬か！

その時、手裏剣が飛んでくる。

ゴミ箱木地郎の陰に隠れる新太之丞と阿国。ゴミ箱に手裏剣が三本突き刺さる。

新太之丞　（手裏剣に書かれた名前を読む）天草四郎、五郎、六郎。……だれでぇっ！

天草三姉妹登場。

三姉妹　逃がしはしない、新太之丞！
木地郎　おお、四郎さま〜！
紀香丸　とんだ醜態ね、木地郎。
奈々子丸　一旦捕まえた虜を逃がすとは情けない。
恭子丸　風魔忍群がきいてあきれるわ。
木地郎　め、面目ございません。
新太之丞　ははーん、てめーらか。風魔の後ろにいたのは。なに企んでやがる。
紀香丸　しれたこと、復讐よ。父、天草四郎時貞の無念、我らの手ではらすのよ。
阿国　天草四郎？
紀香丸　我ら罪なき切支丹を討ち滅ぼした徳川幕府と、老中松平伊豆守《まつだいらいずのかみ》。必ずや目にものみせてくれようぞ。
三姉妹　エロイムエッサイムエロイムエッサイム。
新太之丞　じゃあ、お前達……。
紀香丸　その通り、天草四郎時貞の娘、四郎紀香丸。
奈々子丸　同じく五郎奈々子丸。

恭子丸　同じく六郎恭子丸。
新太之丞　なんか、安手のキャバレーみたいな名前だな。
阿国　印度にこういう諺があります。「馬鹿ほど名前にこりたがる」
三姉妹　ぬゎにぃ〜。
紀香丸　どうやら怒らせてはいけない女達を、怒らせてしまったようね。
奈々子丸　伊豆守の前に、お前を血祭りにあげましょう。

三姉妹、刀を抜く。

新太之丞　やめろやめろ、女を斬る刀はもっちゃいねえ。
紀香丸　ただの女と思わない方がいい。——紀香丸。
奈々子丸　奈々子丸。
恭子丸　恭子丸。
紀香丸　三人揃えば——。
新太之丞　組体操ができる。
三姉妹　はっ。（と、扇形になる）
紀香丸　（我に返り）ふざけるなーっ！

紀香丸&阿国のボーカル。
襲いかかる三姉妹と新太之丞、阿国の殺陣&ダンス。
三姉妹の刀を打ち落とす新太之丞。

新太之丞 んー、ねえちゃん達もけっこうかっこよかったんだけど、そう簡単にやられるわけにはいかないんでね。
紀香丸 待て、待て待て。これにはわけがあるのだ。
新太之丞 わけ?
紀香丸 おお、きいてくれるか。

紀香丸にピン。不気味な音楽。

紀香丸 ある寝苦しい夜のことでした。私は何度も妙な夢を見て目が覚めました。それは骸骨の侍が私を襲う夢でした。逃げても逃げても私を追ってきます。刀を振りかぶり私を斬ろうとする。そこで目が覚めました。でも夢を見るたびに骸骨は私に近づいてくるのです。三度目にその夢を見た時、骸骨の刀は私の首に降り下ろされました。血しぶきがあがり、そこで私は目が覚めました。よかった、夢だった。そう思った私の胸の上に、何かゴツリとしたものが。血塗れの刀が布団の上に転がっていたの

です。その刀が、それです。（新太之丞が持っている刀をさす）

新太之丞　うわわっ！（刀を放り出す）

その刀を拾うと、新太之丞につきつける奈々子丸。阿国に刀をつきつける恭子丸。

新太之丞　し、しまった。

紀香丸　はーっはっはっは。ひっかかったな新太之丞。恐怖の話術で胸を裂く。切支丹妖法恐い話に肝がヒエヒエ。

新太之丞　なんだよ、それ。

奈々子丸　さあ、教えてもらいましょうか。

恭子丸　南蛮密書はどこ。

新太之丞　しーっ、しーっ。

阿国　え？

紀香丸　何とぼけてんの。お前が曇屋から盗み出した南蛮密書のことよ。

阿国　はあっ⁉

新太之丞　なんば、なんば、なんばいいよっとですか、こん人達は。

紀香丸　何、わけわかんないこと言ってんの。恭子丸。

恭子丸　見せなさい。（新太之丞の懐をまさぐり）あったー！（と、密書をだす）

新太之丞　あ！（奪い返すと自分の褌の中に押し込む）

一同　あ――――っ！

紀香丸　な、なんてことすんのーっ！

新太之丞　なーんの話かなー。

阿国　ちょっと、何？　今の何？　新太之丞さん、あなたが密書を持ってたの？

新太之丞　いや、だから、それは。

阿国　いいの、いいわけは。ふーん、そーゆーこと。

新太之丞　ごめん！　許してくれ！

阿国　なーんだ、もう取り返しててくれたんだ♡

ずっこける一同。

紀香丸　ちょっと、あんたねー。

阿国　冷たいじゃない、そーならそーと早く言ってよ。あ、びっくりさせようと思って黙ってたのね。うーん、さすがは古田新太之丞さま♡

紀香丸　もしもし。

新太之丞　そーそー。プレゼント。誕生日のプレゼントにしようと思ってたんだよ。バラの花束と一緒に。ふぉー阿国うぃずらぶって。

阿国　あらやだ、どーしましょー。阿国、てれちゃうわー！

と、それまでおとなしく舞台隅で大道具の座に甘んじていた、ゴミ箱木地郎がキレる。

木地郎　やめんかー！　ばかたれー！　人がおとなしく聞いておったらいつまでもイチャイチャイチャイチャ。いいかげんにせんかー！

新太之丞　あー、びっくりした。急にしゃべんなよ。大道具が。

木地郎　誰が大道具じゃ、こんバカタレが。お願いしますよ四郎様。さくさくいきましょう、さくさく。

奈々子丸　と、いっても。

恭子丸　あんなところに肝心の密書が。

新太之丞　ほしけりゃ取りにきなさい。ほーれほーれ、俺はいつでもオッケーよ。かもなべいべー。（腰をまわす）

紀香丸　ふっふっふ、それで勝ったつもりかな。

新太之丞　なに。

紀香丸　そんなこともあろうかと（どんなことだ）、我らには頼もしい軍師がおられる。

奈々子・恭子　おおー。そーいえば。

紀香丸　先生、正雪先生、出番です！

妖しげな音楽。

呪寝美坐或丸《じゅねびざあるまる》、薔薇を一輪持って登場。

続いて現れる由比正雪《ゆいしょうせつ》。

二人、妙にねばりつく視線を絡ませながら舞うように進んでくる。

正雪　（美坐或丸の差し出す薔薇を受け取ると、目線決めて）薔薇は馬鹿より美しい。（高笑いすると薔薇の花びらをむしゃむしゃ食べる）んーふ、でりしゃす。

阿国　なんか、こわいんですけど。

正雪　風魔忍群、木地郎を。

シコミ弟、ナグリ弟、バラシ弟、バビ平弟、出てくると、木地郎を倒して転がして行く。

木地郎　あー、やめてー、こわいー。

正雪　ばか、こっちだ。（反対側を指す）

木地郎の向きを変える黒子衆。

木地郎　やめれー、こわいー、あーれー。

木地郎と黒子衆、退場。

正雪　ふっふふう。てこずっとるようだな、ノリリン。

紀香丸　紀香丸。ノリリンはやめてください。

正雪　ふっ、照れ屋さん。

新太之丞　なんだよ、こいつは。

正雪　これはこれは。ぬしがいま噂の世直し天狗か。一度会ってみたいとは思っていた。由比民部之介正雪《ゆいみんぶのすけしょうせつ》、初推参にござる。

新太之丞　由比……正雪だぁ。

阿国　だれ？

新太之丞　十年ばかり前に、全国の牢人者を集めて謀反を起こそうとした男だ。でも、捕まって獄門さらし首になったはずじゃあ。

正雪　この首、そうやすやすと松平伊豆ごときにやるわけにはいかん。あれは替え玉だ。

紀香丸　先生。肝心の密書ですが、奴の――。

正雪　わかっておる。呪寝。

美坐或丸　は。（妖しい雰囲気で新太之丞に近寄る）

新太之丞　なんだ、こいつは。

正雪　呪寝美坐或丸。儂の一番弟子だ。やれ。

恭子丸　だめー、びーくんはだめー。（と、美坐或丸の前に立ち）あなたの指はこんな人外魔境に触るものじゃない。その指はあたしのためのもの。

美坐或丸　ふ、深キョン……。

一同　深キョン……？

恭子丸　（爪を切る）あいた。また深爪しちゃった。

美坐或丸　ばかだなあ、爪ならいつでも僕が切ってあげるのに。

恭子丸　てへ。（一同に）深爪恭ちゃん。略して深キョン。ねえ、びーくん♡

美坐或丸　深キョン♡

奈々子丸　深キョンいうなああ！（美坐或丸をはり倒す）

美坐或丸　でべ――――っ！（吹っ飛ぶ）

恭子丸　な、奈々ねえちゃん、何するの。

奈々子丸　大の大人が、深キョン深キョン。恥ずかしいと思えー！

紀香丸　奈々ちゃん、落ち着いて落ち着いて。

と、突然怒髪天つく正雪。

正雪　じゅううううううねぇぇぇぇぇぇぇっ！　お、おのれは、儂というものがありながら。

一同　は？

美坐或丸　あ。そ、それは。（固まる）

恭子丸　びーくん……。

正雪　まあ、よい。その話はあとでゆっくりきく。今は。（手にゴム手袋をかぶせる）

新太之丞　あ、まさか、てめーが。

正雪　安心しろ。これでもテクニシャンだ。はらいそを見せてやるわ。（妖しく指を動かす）

新太之丞　わかったわかった、新太之丞くんの負け。

密書を渡す新太之丞。

阿国　ちょっとー！

新太之丞　しかたねえ、許してくんな。

正雪　（中身に目を通し）間違いない、これだ。

四姉妹　おおー。

紀香丸　ではいよいよ。
正雪　老中松平伊豆守暗殺計画の遂行だ。
阿国　老中暗殺ぅ？
新太之丞　なるほどな。天草四郎の島原の乱も正雪謀反の慶安の変も、どっちもおさめたのは松平伊豆守。ともに恨みのある身が組んで、意趣返しって筋書きか。が、そいつに書かれてるのは印度の風物詩。曇屋が密貿易の案内書に使おうとした代物だ。人を殺すような物騒なことなんざこれぽっちも書いちゃねえよ。
正雪　ふん、脳味噌炎天下のアスファルト状態の男にはわかるまい。この正雪の深さはな。
新太之丞　なにぃ。俺のどこが脳味噌アスファルトなんだよ。
奈々子丸　だったら、あなた、薔薇って書ける。
新太之丞　なめるなよ、「バ」は「ハ」に点々、「ラ」は横棒引いて下に「フ」だ。
紀香丸　誰が片仮名を聞いてる。漢字だよ、漢字。
新太之丞　あ、あー！（パニック。そして隅で固まる）
阿国　新太之丞さん！
紀香丸　あーあ、自分の殻に閉じこもっちゃったよ。
正雪　隅にでも転がしとけ。
美坐或丸　は。（新太之丞と阿国にさるぐつわをかませる）
恭子丸　はい、これ。（と縄を渡す）

美坐或丸　ありがとう。

恭子丸が手伝って縄でくくる。

美坐或丸　これが僕たち初めての共同作業かな。あははははは。
恭子丸　ははははは。
奈々子丸　殺す。（刀を抜く）
紀香丸　奈々ちゃん。
奈々子丸　とめないで、ノリねえちゃん。何か腹立つのよ、こいつら。
恭子丸　ごめんねえ、奈々姉ちゃん。男日照りのあなたの気持ちも考えないで。ほんとにごめん。
奈々子丸　男日照りだあ。な、な、な。
紀香丸　奈々ちゃん。
奈々子丸　男干魃《かんばつ》のノリねえちゃんは黙ってて！
紀香丸　はぐ！（奈々子丸の言葉が胸に刺さる）
正雪　いい加減にしろ、お前達。儂がこの手でおとなしくさせてやろうか。（と、指を蠢かせる）
奈々子丸　申し訳ありませんでした。

即座に落ち着く奈々子丸。

紀香丸　……正雪先生。ご希望通り、曇屋の南蛮密書、手に入れました。そろそろ、計略の全てをあかしていただいても……。

正雪　いいだろう。――医食同源と言う言葉を知っているか。医と食、つまり健康と食事とは表裏一体同じ物だという事だ。わかるかな、ノリリン。

紀香丸　紀香丸です。

正雪　相手が病になるような食べ物を与えることで、狙う標的の命を縮める。毒ではないから証拠もでない。究極の暗殺とはこのことだ。

恭子丸　そんなにうまくいくもんなんですか。

正雪　行く。この正雪が地に潜って十年、練りに練った策だ。相手は幕府一の切れ者と名高い松平伊豆守。刀を振り回しているだけじゃあ、仇はとれんぞ、ノリリン。

紀香丸　紀香丸！

正雪　怒りっぽいな。かるしゅうむが足りんぞ。牛乳を飲め、ノリリン。

紀香丸　ったく。くそじじー。

奈々子丸　じゃあ、その密書には印度料理の作り方が。

正雪　そうだ。南蛮にとてつもなく辛い料理がある。香辛料をいくつもあわせて鶏と野菜と煮込んだ汁、これを炊き立ての飯にかけて喰らう。一口喰らうと毛穴から汗が吹き出す。が、不思議なことに慣れるとこの刺激がたまらぬ。やみつきになる。儂はこれを十五杯食って倒れた。その時に閃いた。これは使える。

紀香丸　それはただの食べすぎじゃあ……。

正雪　違う。普段、米と味噌しか食さぬ日本人には南蛮の香辛料は刺激が強すぎるのだ。しかも伊豆守は血の道が高い。習慣的にこれを食べているうちに、奴の血管はふくれあがり爆発寸前になる。そこに強烈な刺激を与えてみろ。

美坐或丸　「大変です、天草四郎の残党が反乱を！」

正雪　「ぬぁにぃぃぃぃぃっ！」（ポンという音と同時に倒れる。起き上がると）伊豆守は脳卒中で一巻の終わりだ。……なんだ、その目は。

紀香丸　いや、別に。

正雪　どうも信用しとらんようだな。いいだろう。正雪渾身の「からいらいす」の威力、どれほどのものか見せてやろう。

紀香丸　からいらいす？

正雪　儂がつけた名だ。「らいす」とは南蛮語で飯のことだ。

美坐或丸、ワゴンを押して出てくる。その上にカレーの鍋とご飯の入ったお櫃。

紀香丸　い、いつの間に。

正雪　儂が長々と説明してる間に、裏でスタッフが作っておったのだ。呪寝。そこの変態男に食わせてみろ。

新太之丞　もがもがふー。（美坐或丸にさるぐつわをはずされる）てめー、やめろ。あー。（カレーを口に入れられる）がく。（気絶する）

一同　おおー。

正雪　んっふっふ、いかがかな、「からいらいす」の威力。

奈々子丸　どうやって、これを伊豆守に。

正雪　きゃつが江戸城を離れたときがチャンスだ。

恭子丸　でも、そう都合よく。

正雪　先日、大阪城が落雷で壊れた。その改修工事の視察に、きゃつめは間もなく江戸をたつ。その時が狙い目だ。無類の新し物好きの奴のことだ。必ず餌に食いつくはずだ。

カレーを味見している紀香丸。

紀香丸　あれー。辛くないよ、これ。

正雪　なに。

奈々子丸　（なめる）ほんとだ。

恭子丸　おいしいね。

紀香丸　これじゃ、カレーの王子様ですよ、先生。

正雪　お、おのれー。（新太之丞の胸ぐらをつかむと）たばかりおったな、新太之丞！

新太之丞　（目をあける）へへん、その通りだ。死んだふりして逃げ出そうと思ったが、ばれちまっちゃあしょうがねえや。

紀香丸　どういうことですか。

正雪　どうやら、こいつは半分のようだ。一枚おきに抜いて、綴じなおしたらしい。細かい細工をするわ。おぬし、相棒にめぐまれたな。

新太之丞　俺の一番の相棒は、腰にぶらさがってるぜ。

正雪　ごまかしても無駄だ。からくり戯衛門とかいうたな。奴のところに残り半分はある。

紀香丸　あの眼鏡くんか。

木地郎　お待ちくだされ！

木地郎、マントをつけ、黒子衆を従えて登場。

紀香丸　木地郎。

木地郎　そういうことなら、拙者に策があります。（マントを脱ぐと新太之丞そっくりの衣装）

こやつの顔をそっくり盗んで、戯衛門のもとにいき、油断したところをバッサリ。名づけて風魔忍法顔盗み。

新太之丞 なにー。

紀香丸 いいだろう。木地郎、これが最後の機会よ。

木地郎 ははーっ。シコミ弟、ナグリ弟、バラシ弟、バビ平弟。

四人 はっ。

木地郎 貴様らの兄の仇、今こそとるべし。今度こそ我が風魔の恐ろしさ。思い知らせてやろうぞ。

不気味にほくそ笑む天草一党。

——暗転——

第五景——由比

由比の宿場。様子を伺う天草三姉妹。

紀香丸　本当にこの宿場に奴らがいるの？
恭子丸　間違いないでしょ。この由比の宿場は、正雪先生の生まれ育った町だって。
紀香丸　何の関係があるのよ。
奈々子丸　大丈夫。この目で確かめたわ。恭ちゃん、木地郎の準備は。
恭子丸　オッケーよ。風魔忍群かもーん。

新太之丞に扮した木地郎登場。
新太之丞を模した仮面を被っているが、どうみてもできそこないのかぶり物。
付き添う黒子衆三人。

紀香丸　――帰ろう。この作戦は失敗だ。

ままあと抑える木地郎と黒子衆。

シコミ弟　これぞ風魔忍法顔盗み。

紀香丸　何が顔盗みよ。これじゃ忍法劇団飛行船じゃない。無茶苦茶あやしいわよ。

バラシ弟　騙されたと思っておまかせを。

紀香丸　あたし騙してどうすんの。戯衛門達が騙されなきゃ意味ないでしょう！

木地郎、大丈夫と胸をたたく。

奈々子丸　まあまあ、だめでもともと。

恭子丸　やるだけやってみたら。

貴子丸　そうそう。

シコミ弟　む。（と、地面に耳をつける）

その上に耳を重ねるバラシ弟、ナグリ弟、バビ平弟。

ナグリ弟　しっ。奴らが来ます。
紀香丸　ホントにわかるの。そんな格好で。

反対側から現れる戯衛門と半次。
天草一党、物陰に隠れる。

戯衛門　まったく、何者なんだ、あの男は。
半次　命の恩人っすよ、おいらの。
戯衛門　それはわかってるよ。何であんなになんでも知ってるんだよ。南蛮密書、天草の連中の老中暗殺計画。どうやら、あいつは俺達の正体も勘づいてるぞ。
半次　そうっすかねえ？
戯衛門　そうだよ、それだけじゃねえ。まだ何か隠してるな、あいつは。糸引納豆之介だぁ。思いっきりうさんくさい名前つけやがって。どうも気に入らん。

納豆之介、登場。

納豆之介　おー、お前達、こんなところにいたのか。飯を食ったら出かけるぞ。
戯衛門　やっぱり、探しに行くのか。古い馴染といっていたが、そこまで深入りするとは、

納豆之介　新太之丞とどういう関係なんだ。あの男にはさんざん痛い目にあってきたからな。どうしても借りは返しとかないといけねえんだ。風魔の本拠は箱根の山だ。根城があるなら、あの辺だ。まあ、いいだろう。今作ってるからくりが出来次第、後を追う。この由比の宿なら、少しは勝手もわかってるからな。半公、お前はお春さん達を守って、ここで待ってろ。

半次　わかりやした。

戯衛門　あの新太之丞がむざむざやられるとは思えないが……。（木地郎達の気配に気づく）誰だ！

戯衛門達の前に出て行く木地郎。
三人、木地郎を見つめる。一瞬の沈黙。
刀を握りしめる紀香丸。

三人　新太之丞！

ずっこける紀香丸。

戯衛門　新之字、無事だったのか！

半次　旦那、よくご無事で。

納豆之介　ひさしぶりだな、新太之丞！

などと、口々に言いながら、木地郎を暖かく迎え入れる。

納豆之介　しかし、随分見ない間に、頭でかくなったんじゃないか。俺のことは笑えんぞ。（と、いいながら、仮面をバシバシ叩く）何だ、見忘れたか、俺だよ、み……（咳払い）まあいい、昔話はあとにしよう。

戯衛門　お前一人か、阿国さんはどうした。どうした、何黙ってる。

喉を指さし手をふる木地郎。

半次　拷問だ。奴らの拷問にあって喉潰したんでしょう。わかる、わかりやすよ、旦那。

「密書はどこだ」と手振りで四角を書く木地郎。

納豆之介　なんだ。

半次　四角。
戯衛門　わかった。湿布だ。喉に張る湿布薬。
半次　なるほど、そいつにちげえねえや。ちょっと薬屋行って買ってきますわ。（駆け去る）

「違う違う」という身振りの木地郎。

納豆之介　まだ、なんかあるらしいぞ。

「密書はどこだ」と、字を紙に書いて、それを懐にしまう仕草。

納豆之介　（木地郎のふるえる手を見て）中風か？
戯衛門　モールス信号。
納豆之介　違う、字だよ。文字。口がきけないから字を書いて何か伝えようとしてるんだ。
戯衛門　阿国さんの行方だな。わかった、作業場から紙と筆をもってくる。
納豆之介　よし、じゃあ俺は宿の用意をさせる。ついでにお春さんたちにもしらせとくわ。いいか、ここ、動くなよ。

「ちょっと待て」という仕草の木地郎。

戯衛門　わかってるわかってる、すぐ戻るから。

駆け去る納豆之介と戯衛門。

木地郎　おい、こら、まて、おい。(仮面をはずし)まったく、人の話を聞け。この粗忽者共が！

と、必殺風音楽流れ、照明変わる。

木地郎　なんだ。(と、あわてて仮面を被る)

弓吉、助蔵、格次郎、筋平登場。

助蔵　こいつが新太之丞か。
弓吉　間違いない、今度は本物よ。
格次郎　見るからに胡散臭そうやで。
筋平　南蛮密書のありか、はいてもらうぜ。

と、木地郎を守るため黒子衆、駆け寄る。

弓吉　新手かよ。しゃらくさいねえ。

戦う死売人と黒子衆。
一撃でやられる黒子衆。
死売人、袖に黒子衆を蹴り入れる。

木地郎　お前達！

と、助蔵と格次郎、木地郎の腕に見えない縄をかける。
両方から引っ張られ身動きできない木地郎。背後から格次郎が、顔（仮面）を摑む。
ボキボキという音とともに、仮面だけ後ろを向く。
背中に向いたところで木地郎、倒れる。

紀香丸　いけない！

天草三姉妹でる。同時に納豆之介登場。

納豆之介　あー、新太之丞！（死売人に）おのれ、またてめーらか！

弓吉　（木地郎の懐から紙切れを取りだし）密書はいただいてくよ。あばよ。

走り去る死売人。

納豆之介　（紀香丸に）そこのあんた！

紀香丸　（いきおいに）は、はい。

納豆之介　その男の面倒を頼む。医者を呼んでくれ。死なすんじゃないぞ。

紀香丸　わ、わかりました。

納豆之介　恩に着る。（紀香丸の手を握ると一礼）野郎、待ちやがれ！（死売人の後を追う）

奈々子丸　なんだったの？

紀香丸　さあ。……木地郎は。

恭子丸　大丈夫。まわったのは、仮面だけよ。

木地郎　（仮面をはずし）あー、苦しい。死ぬかと思った。

そこに出てくる戯衛門と半次。

あわてて木地郎に仮面を被せる恭子丸。

戯衛門　あ、天草三姉妹。

半次　あれは、旦那だ！

紀香丸　（とっさに木地郎に刀を突き付け）動くな。一歩でも動くと新太之丞の命はないぞ。

戯衛門　し、しまった。

紀香丸　さあ、密書の残りはどこにある。おとなしく渡してもらおうか、眼鏡くん。

半次　どうするんですか、戯衛さん。

戯衛門　しかたがない、新之字の命には変えられん。

そこに現れる本物の新太之丞と阿国。

新太之丞　やめろ、戯衛門！

一同　お、お前は！

半次　あ、新太之丞の旦那が二人いる!?

戯衛門　どういうことだ!?

新太之丞　てめえらの目は節穴か！　そんなできそこないのお面のどこが俺に見えるんだよ。

戯衛門　し、しかしー。

半次　こ、こいつは……。
新太之丞　まて、落ち着け、落ち着いてよく見ろ。俺だ、俺が本物の新太之丞だ。
紀香丸　な、なに言ってんの。戯衛門、そいつは偽者よ。本物はこっち。
奈々子丸　そ、そうよ。新太之丞。
恭子丸　さあ、本物がどうなってもいいの。

三姉妹、木地郎に刀を突きつける。

戯衛門　ぬぬぬぬぬ。
半次　だ、旦那～。
戯衛門　新之字～。

と、二人、木地郎の方に行く。

新太之丞　ばかたれー！　てめえの取柄は歯が白いだけか。少しは脳にしわをつくれ、しわを！　阿国、お前もなんか言ってやれ！
阿国　でも、瓜二つよ！（新太之丞に）わからない、あなたは誰!?
新太之丞　ああああああー！　もーいー！　誰にも頼まん。自分の事は自分でします！

木地郎に襲いかかる新太之丞。
うちかかる天草三姉妹の刀を打ち払い、木地郎の仮面を弾き飛ばす。

木地郎　お、おのれー！
戯衛門　風魔！
新太之丞　どうだ、これでわかったか！
阿国　よかったー、あやうく騙されるところだった。
新太之丞　騙されてたよ、てめーは。
半次　だ、旦那、よくご無事で！
紀香丸　（新太之丞の仮面を被る）待て、私が本物だ。
一同　おおー。
戯衛門　また、新之字が二人！
阿国　誰!?　あなたは誰!?　わからないー。
半次　どっちが本物の旦那なんだー。下から読んでもだんなななんだー。なんちて。ははははは。
新太之丞　死んでしまえー！（半次に飛び蹴り）
半次　かいぶーん！（と吹っ飛ぶ）

新太之丞　調子にのるな、このばかあまがーっっ！（続いて紀香丸に地獄突き、地獄突き、地獄突き！　とどめのココナックラッシュ。紀香丸の仮面を奪うと）思い知ったか、この野郎。
奈々子・恭子　（紀香丸を介抱し）大丈夫？
紀香丸　死んだお父ちゃんが、川の向こうで手え振ってた。（伏線）
木地郎　なぜだ、なぜ逃げ出せた。
新太之丞　俺と阿国を二人一緒に縛ったのは失敗だったようだな。かもん、阿国。（縄を持つ）
阿国　おーけい。（新太之丞と背中合わせになると身体を上下に動かす）すりすりすりすり。
新太之丞　ううううううう。どっちょ～ん！（縄を引きちぎる）
阿国　ナマステ～。（と合掌のポーズで離れる）

新太之丞、阿国、戯衛門ピン抜き。

戯衛門　説明しよう。古田新太之丞は、女性の柔肌に接触することで古田新太之丞ゴムゴムの実パワーを発揮するのだ。
新太之丞　俺の股間はゴムゴムの爆弾！
紀香丸　やめんか、ばか！
新太之丞　と、いうわけだ。幕府がどうなろうとしったこっちゃないが、ここにいる阿国さん達に迷惑がかかるとあっちゃあ、放っておけねえ。南蛮密書は渡せん。とっとと、失せな。
木地郎　四郎さま。
紀香丸　結局こうなんのよね。（刀を抜く）木地郎、下がってなさい。
木地郎　は。（走り去る）

対峙する新太之丞達と天草一党。
その時、回りから呼子の音。

新太之丞　なに？

半次、袖に様子を見に行くが血相変えて戻ってくる。

半次　たたたた、たいへんだー。
戯衛門　なんだ。
半次　捕り方だ、とんでもねえ数の捕り方が回りを囲んでる。
一同　えー。
紀香丸　な、なんでここが。
新太之丞　まずいな。戯衛門、半次、お前らは阿国達をつれて逃げろ。ここは俺が何とかする。

阿国　でも、あなたは。
新太之丞　心配するな、捕り方なんかに捕まるへまはしねえ。俺を殺せるのは、上から90、56、88以上のナイスバディのいい女くれえのもんだ。
紀香丸　じゃあ、あたしじゃない。
一同　おい。
戯衛門　わかった。半公。
半次　へい。さ、阿国さん。
阿国　でも。
新太之丞　いいから行け。

抵抗する阿国を連れて走り去る戯衛門達。

新太之丞　（紀香丸達に）なにぐずぐずしてんだ。てめえらもだよ。
紀香丸　え。
新太之丞　俺がこの世で一番嫌いなのは、いい女がいなくなることなんだよ。役人に捕まらせるくらいなら、敵同士の方がまだましだ。いけ。
恭子丸　のりねえちゃん。
奈々子丸　なんなんだろうね、この人。

紀香丸　多分ばかね。

新太之丞　大きなお世話だよ。それともここでゴムゴムの爆弾いくか。俺はそれでもおっけーだぞ。

紀香丸　冗談じゃない。こっちには幕府転覆っていう大望があるの。こんな処で捕まってたまるもんですか。礼は言わないわよ。

踵をかえす三姉妹。

と、立ちふさがるよう出てくる阿国、お春、お芝、お山。手に刀。

阿国　そうはいかない。

新太之丞　阿国……。ばか、逃げろっていったろう。

阿国　こんなことじゃないかと思った。女好きは知ってたけど、ここまで来るとただの馬鹿ね。やっと追い詰めた天草の残党、むざむざ逃がしてたまるもんですか。

恭子丸　追い詰めた?

奈々子丸　どういうことよ。

紀香丸　あんた達、ただの印度人じゃないね。

阿国　やっと、気がついた。でも、もう遅い。

襲いかかる阿国達。受ける三姉妹。

新太之丞　あー、よせ、きれいなねえちゃんときれいなねえちゃんが潰し合いなんて、もったいない。やめろっていってんのが、聞こえねえのか！

二組の中に割って入る新太之丞。阿国と紀香丸の刀を持つ手を両脇に捕らえて。

新太之丞　よーし、わかった。こうしよう、お前ら全員、俺の愛人になれ。それで丸くおさまる。
阿国　なに、うわごと言ってんの！（新太之丞の手を振りほどくと一太刀浴びせる）
新太之丞　痛っ。……阿国、お前、まさか、……サド？
阿国　あのね。
新太之丞　よーし、おっけー。サドでもマゾでもなんでも来い。この古田新太之丞の愛は小揺るぎもしない。
阿国　ばかねえ、まだわかんないの。
紀香丸　新太之丞。そいつは隠密よ。幕府の隠密。
新太之丞　隠密？
紀香丸　そう、どうやらあたし達の計画は勘づかれてたらしい。南蛮密書を狙うところを一網打尽にしようって腹ね。

阿国　さすがは天草党の首領、そこの脳味噌海綿体男よりは知恵がまわるようね。感心感心。

紀香丸　全然、うれしくない。

新太之丞　しゅるしゅるしゅる、どっぴゅーん！（怒りが身体を駆けあがり頭から発射する）じゃあ、なにか、てめえずっと俺をだましてたのか！

阿国　当たり前でしょ。南蛮密書が大阪にあるなんて出鱈目、本気で信じる馬鹿がどこにいるの。あたし達は幕府のくノ一隠密同心。

お春　芝居小屋の南蛮歌舞伎になりすまし。

お芝　本当は曇屋で罠を張るつもりだったのに。

お山　のこのこ現れた三馬鹿男。

阿国　あんた達が盗み出すもんだからとんだ手間になったわ。

新太之丞　くそう、男と女は狐と狸とはいうが、初めておもろい夫婦の気持ちがわかったぜ。

阿国　やれやれ、最後まで口が減らない男ねえ。

新太之丞　それが俺のモットーなんだ。半次と戯衛門はどうした。

阿国　うまく言い含めて先に行かせたわ。どうも、あなたの様子が気になったからね。でも大丈夫、袋のネズミよ。すぐに捕まえる。

新太之丞　さあて、どうかな。ネズミはネズミでもけっこうしぶとい、ドブネズミだ。

阿国達と三姉妹の間に入る新太之丞。

新太之丞　逃げろ、紀香丸。こうなりゃ成り行きだ。てめえらぐらい逃がさなきゃ、何のために格好つけたんだかわかりゃしねえ。

紀香丸　わかった。そうさせてもらうわ。

逃げる三姉妹。追おうとする阿国達。

新太之丞　まあまあああまあ。（それをとめる）せっかちなお嬢さん達だ。ここにこんないい男がいるってのによ。

阿国　やれ。

襲いかかるお春、お芝、お山、阿国。受ける新太之丞。
阿国達腕はたつ。が、新太之丞、彼女たちの刀を打ち落とす。
阿国に刀を突きつけるが――。

新太之丞　やめた。（刀をおさめる）

阿国　え？

新太之丞　やっぱ、女は斬れねえよ。
阿国　見のがすっての。
新太之丞　女の嘘はなれっこさ。いちいち怒ってちゃ、女好きの名がすたる。第一、根性ねじくれ曲がってる方が、女は深いです。
阿国　あんた、大馬鹿だよ。
新太之丞　小利口よりは、ずっとましだ。
阿国　新さん。（抱きつく）
お春・お芝・お山　新太之丞さま。（三人も抱きつく）
阿国　今です！　殿様！

突然、海雪と深雪が駆け込んでくる。
新太之丞、反応しようとするが女四人のために身動きできない。
海雪と深雪、新太之丞をめった斬り。その寸前、阿国達離れる。

新太之丞　く、そ……。

そこに現れる仮面侍X。新太之丞を袈裟懸けに斬る。

新太之丞　……て、てめえ。
阿国　だから、馬鹿だって言ったでしょ。今時、あんたの口車にのっかるのは、男にのっかったことがないおぼこくらいのもんだよ。
新太之丞　ばか、なんで斬るならてめえの刀で斬ってくれなかった。こんな、こんなデブ、いやだー。

新太之丞、息絶える。

仮面侍　手間をかけるな、阿国。
阿国　申し訳ございません。思いのほか、しぶとい男で。
仮面侍　で、天草の奴らは。
阿国　そちらの手筈も整っております。全ては殿様の計略通り。
仮面侍　いいだろう。案内せい。
阿国　はい。

立ち去る仮面侍達。転がる新太之丞。

——暗転——

第六景——由比の宿近くの街道

駆け込んでくる戯衛門、半次。

戯衛門　おう、半次か。大丈夫か。
半次　伊達にふぃっとねす小僧の名はもってませんぜ。田舎役人なんざちょろいちょろい。
戯衛門　で、お芝さん達は？
半次　一緒じゃないのか？
戯衛門　おいら、てっきり戯衛さんと一緒だと。
半次　妙だな。
戯衛門　え？
半次　いやな予感がする。女達はどこに消えたんだ。
戯衛門　しょうがねえ、もういっぺん探してきますか。
　　（人影を見つけ）待て、半次。

半次　どうしたんすか。戯衛さん、顔色が……。

正雪、美坐或丸を引き連れ登場。

正雪　久しぶりだな、儀右衛門。
戯衛門　正雪……先生。
正雪　からくり戯衛門と聞いたときにもしやとは思ったが、やはりおぬしのことだったか。
半次　ちょ、ちょっと待って。誰ですか、こいつは。
正雪　ふふう、誰に見えるかな。言っておくが田村正和ではないぞ。
戯衛門　誰も思いませんよ、そんなこと。（半次に）由比正雪。慶安の変の張本人だ。
半次　じゃあ、あの天下の謀反人の。でも、先生って、じゃあ戯衛さん、あんた。
正雪　呪寝、よく話しておったろう。こやつが真田儀右衛門《さなだぎえもん》。儂の右腕だった男だ。こいつのからくり人形のおかげで、儂は生き延びた。
美坐或丸　ほう、こやつが噂の。それほどの男には見えませぬが。
正雪　懐かしいのう、戯衛門。この由比の里でお前とあおうとは。ここで、国のこと政《まつりごと》のこと、語り明かしたのはもう何十年前になるか……。
戯衛門　でも、なぜ、なぜ先生がここに。
正雪　久しぶりにお前の顔が見たくなった。天草のじゃじゃ馬達にやられてはことだからな。

戯衛門　やはり、そうですか。全ては先生が書いた筋書きだったわけですね。でもなぜ。最後の別れのとき、燃える屋敷の中で、残る余生は人に隠れて生きる。山にこもり書を読んで過ごすとおっしゃっていたじゃないですか。だから私も安心して過去が捨てられた。

正雪　甘いな、戯衛門。人というのは自分の昔からは逃れられぬものだ。これを見ろ！

（着物を脱いで上半身裸になる。ギブスをしている）

半次　な、なんだ。そりゃ。

正雪　徳川幕府転覆力養成ギブス!!　男が一度立てた志、そう簡単には捨てられぬ。山にこもっておっても、このギブスがギシギシと泣くのだよ。どうした正雪。がんばれ正雪。お前はこんな処で終わる男ではない。儂は、煩悩を絶つために熊を素手で殴り殺した！

半次　うひゃあ。

正雪　それでも、この胸に燃える幕府転覆の想いは消えなかった。そんな時だ。あの天草三姉妹にあったのは。奴ら、まだ徳川幕府と殿様ガエルの区別がつかずに、田んぼでカエルいじめては喜んでいる、ほんの小娘だった。

戯衛門　ただの頭悪いガキですよ、そりゃ。

正雪　が、泥だらけでカエルを追う奴らの瞳だけは妙にキラキラと輝いていた。その時に儂は思った。もう一度、もう一度この命、奴らのために賭けよう。ギブスも笑った。ゆけゆけ正雪、どんとゆけ。

戯衛門　先生……。

正雪　戯衛門、密書はどこだ。

戯衛門　それは……。

正雪　どうした。あの新太之丞とかへの義理立てか。わからぬなあ。お前ほどの男がなぜあんな変態と組む。さあ、儂のもとに来い。再び、共に倒幕の夢を見よう。

その時、死売人四人登場。

弓吉　そうは、いかないよ。

半次　あ、おめえら。

弓吉　新太之丞から、密書を奪ったのはいいが、ゴミ箱だの橋げただのの絵図面ばっかり。何のことだかさっぱりわかりゃあしない。

助蔵　まんまと、偽物つかまされたってわけだ。

格次郎　あんさんが本物の密書を持っていたとはな。

弓吉　正雪だか焼酎だかしらねえが、よそ者に横取りされたとあっちゃあ、この闇の死売人の名がすたる。こう見えてこの商売、名前が大事なんだよ。

筋平　腕ずくでもいただいていくぜ。
正雪　やれやれ、くだらぬな。
弓吉　なにぃ。
正雪　ちょうどいい、戯衛門。この正雪の行く手を遮るものの定め、じっくりとその目で見るがいい。例え道端の石ころにも手加減はせん。
格次郎　吠えるな、親父！

襲いかかる格次郎。が、一刀のもとに倒す正雪。

筋平　格次郎！　この！

正雪、筋平も一撃で斬殺。

弓吉　お前達、そんな⁉

正雪、弓吉も一撃。恐ろしく強い。

助蔵　あ、姉御！　くそー！

正雪　ふ、話にならんな。どうした、こぬのか。

そこに天草三姉妹、登場。

紀香丸　そこまでよ。（助蔵に刀をつきつける）
助蔵　ち、ちくしょう。（座り込む）
正雪　おわりだな。（とどめをさそうとする）
紀香丸　待って。今はそんな事をしてる暇はない。南蛮歌舞伎の女達は幕府の隠密よ。罠だったの。
半次　阿国さんたちが。
戯衛門　そんなばかな。
奈々子丸　そこまで役人がきてるわ。
恭子丸　密書をはやく。
正雪　戯衛門、どうする。そこのぼうふら男の首でもはねれば、決められるか。
半次　ぼうふらって……。
戯衛門　……どうぞ。（懐から密書を放り投げる）
紀香丸　（拾い）これが……。
奈々子丸　さあ、はやく逃げましょう。

正雪　こっちに抜け道がある。
恭子丸　わかった。
奈々子丸　行こう。

正雪が指さした方に駆け出す奈々子丸と恭子丸。
が、出てきた阿国達に襲われる。お春・お芝・お山に押えつけられる二人。
その隙に逃げようとする助蔵だが、その前に現れる由比海雪と深雪。

海雪　逃げられると思ったか。
戯衛門　海雪に深雪、生きていたのか。
半次　しってんですか。
戯衛門　正雪先生の弟達だ。
半次　え。
戯衛門　なんだ。
半次　いや、確か曇屋の屋敷で……。
戯衛門　曇屋？
阿国　そう簡単に逃がしゃしないよ。天草。
紀香丸　お前、……新太之丞は。

阿国　女で身を滅ぼしたんだもん、本望だったんじゃないの。
戯衛門　やられたってのか、新之字が。
阿国　早く言えばね。
半次　そ、そんなー。
阿国　連れておいき。
奈々子・恭子　のりねえちゃーん。

お春・お芝・お山、二姉妹を連れて行く。

紀香丸　お前達！　正雪先生、どうすればいい。
正雪　どうしようも、ないな。
紀香丸　どういうこと……。
正雪　こういうことだ！（紀香丸に打ちかかる）
紀香丸　（とっさに刀で受ける）何の真似ですか！
正雪　よくかわした。さすがはノリリンだ。が、次はどうかな。（襲いかかる）
紀香丸　先生！

必死で正雪の刀をかわす紀香丸。

その戦いに巻き込まれる半次。

半次　ひ、ひぃっ！
正雪　邪魔だ！（半次を斬る）
半次　うわあ！
戯衛門　半次！
半次　大丈夫、大丈夫、このくらいかすり傷だ。ほら、アップ、ダウン、あっぷ、だ、うーん。（倒れる）
戯衛門　ばかー、自分の傷くらい自分で分かれよ！
正雪　（紀香丸に）次は、はずさぬ。

そこに現れる丸兵衛と仮面侍。

仮面侍　正雪、その女殺すなよ。
戯衛門　お前達は……。先生、あなた、まさか！
正雪　まさか、何だ。やはり正和に似とるかな。
戯衛門　言ってろ！
丸兵衛　あーあ、死売人まで斬ったのですか。どうも、正雪殿は、一度刀を抜くとやりすぎる。

正雪　まずかったかな。

丸兵衛　しょせん金で雇った殺し屋風情。しょうがないでしょう。

助蔵　なにー。

丸兵衛　おや、まだ一人残ってましたか。

正雪　片付けろ、海雪、深雪。

二人　は。

そこに駆け込んでくる納豆之介。

海雪、深雪をはじき飛ばす。

戯衛門　納豆之介！

納豆之介　すまん、戯衛門。遅くなった！

戯衛門　半次が、半次が！

納豆之介　そうか……。半次だけじゃねえ。向こうで新太之丞もやられてた。

戯衛門　それじゃ、ほんとに。

阿国　あたしが嘘言うとでも思ったかい。

戯衛門　てめえは、嘘だらけじゃねえか。

納豆之介　許せねえ、許せねえぞ、てめえら！
仮面侍　おぬし……。
納豆之介　糸引納豆之介、天下のおせっかい侍だ。どうも、動きがあやしいとは思っていたが、由比正雪まで抱き込んでいたとは、まったく大した知恵袋だよ、仮面侍。やさ、松平伊豆守！
紀香丸・戯衛門　なに！

納豆之介の斬撃が仮面侍の覆面を斬る。覆面をとる伊豆守。

紀香丸　松平伊豆守……。こいつが。
納豆之介　ああ、こいつは全部、この男が仕組んだ罠だ。隠れ切支丹、豊臣の残党、今の幕府に盾突こうって奴らを、この際一まとめに片をつけちまおうって腹なんだ。自分を囮りに使っててな。
戯衛門　先生、なぜですか、なぜそんな心変わりを。
正雪　別に心変わりをしたつもりはないが。
戯衛門　あなた、まさか。
正雪　だから、正和じゃないってば。
伊豆守　由比民部之介正雪、この知恵伊豆の一番のふところ刀よ。

戯衛門　じゃあ、さっきのは全部でたらめか。いや、いやいやいやいや、それだけじゃない。前のときも、慶安の変も浪人狩りの罠だったのか。柴田も加藤も奥村も丸橋も、志に死んだ男達はみんな貴様の奸計にはまったというのか！

正雪　お前は、よく働いてくれた。感謝してるぞ。

戯衛門　外道が！

紀香丸　じゃあ、そのギブスはなんなのよ！

正雪　これか、これは幕府御用達、権力の犬養成ギブス。しかも磁気コーティングしてあって、肩凝りにもきく。

丸兵衛　オランダ渡りの、うちのおすすめ商品ですよ。

戯衛門　許せねえ、てめえら絶対許せねえ！

海雪　だったら……。

深雪　どうするのかな。

戯衛門　納豆！

納豆之介　なんだ！

戯衛門　逃げるぞ！

納豆之介　え？

戯衛門、懐から閃光弾を出し投げる。

目潰し。その隙に逃げだす戯衛門、納豆之介、紀香丸、助蔵。

伊豆守　しまった、追え、追えー！

一同、あとを追って走り去る。

☆

駆け込んでくる納豆之介、戯衛門、紀香丸、助蔵。

戯衛門　どうやら、まいたみたいだな。
納豆之介　何故、逃げ出した。
戯衛門　あのままじゃ、俺達まで犬死にだ。
助蔵　今だって、同じようなもんだ。
紀香丸　妹達はどうなるの？
戯衛門　見せしめだな。
納豆之介　老中暗殺、幕府転覆の首領として、はりつけか。どっちにしても、ここまでお膳立てしたんだ。派手にやることは間違いないだろう。
紀香丸　おのれ〜。
納豆之介　まあ待て。一人で行ってもどうにもならんだろう。手を貸すよ。そこの殺し屋。てめえも、さんざ人の命をとってきたんだ。たまには人助けしたらどうだ。

助蔵　なにい。

納豆之介　お前、小さいときに、蛙とってたんだってな。彼女たちもそうだ。雲仙の麓で蛙とって暮らしてたらしい。俺も餓鬼の頃は、よくとっつかまえて遊んでたよ。

助蔵　蛙を……。

戯衛門　蛙か。俺も、よく解剖してた……。

紀香丸　じゃあ、ここにいるのはみんな蛙つながり……。

納豆之介　蛙取りに悪い奴はいねえよ。

助蔵　……わかった。何をすればいい。

戯衛門　作りかけのからくりがある。手伝ってくれ。

納豆之介　今度の蛙は殿様蛙だ。ただの殿様じゃねえ。老中、松平伊豆守。相手にとって不足はねえ。

紀香丸　……あなた、何者？

　　笑っている納豆之介。

　　と、暗転。

納豆之介　暗いよー、こわいよー。

闇に納豆之介の泣き声が響く。

――暗　転――

第七景——地獄

当たり一面霞がかかっている。
スローモーションで入ってくる新太之丞。

新太之丞　ここは、ここは、どこだ。

霞の向こうから半次の声が聞こえてくる。

半次　だ～ん～な～、あ～ら～た～の～じょお～のだ～ん～な～。
新太之丞　半公、その声は半公か！

レオタード姿で、エクササイズしながら入ってくる半次。

半次　いっやー、随分探しましたよ、旦那。一人でずんずん先行っちゃうんだもん。冷てーなー。
新太之丞　探しましたって、お前、ここはどこだ。
半次　三途の川でさあ。ここは、おいらの方が詳しい。道案内はまかせておくんなせえ。
新太之丞　そうか、お前はよく死にかけてたもんな。
半次　ええ、旦那のおかげでね。
二人　はっはっはっはっは。
新太之丞　（半次をぶん殴り）って、笑ってる場合か！　冗談じゃねえ、あんなデブに斬られたとあっちゃあ、この新太之丞死んでも死にきれねえ。帰る、俺ぁ帰るぞ。
半次　あー、そいつは無理だ。もうおいら達三途の川渡り切ってますもん。
新太之丞　なにい。
半次　あっち側なら、まだ可能性もあったんですけどね。こっちまできちゃあ、もう無理だ。今度はこっちで面白おかしく暮らしましょうや。なあに、遅かれ早かれみんな来るんだ。
新太之丞　お前、無茶苦茶、適応がはええな。

そこに駆け込んでくる弓吉と格次郎、筋平。

弓吉　待ちな、新太之丞。
格次郎　みつけたー、今度こそ本物やー。
筋平　やりましたねえ、姉御！
弓吉　ああ、やっと、やっと。こら、新太之丞。お前のせいで、今まで何人無駄な殺しを。
　ひ〜ん。（嬉し泣き）
新太之丞　何だ、こいつら？
半次　闇の死売人、旦那の首を狙ってた奴らですよ。
弓吉　さあ新太之丞、命は貰ったよ、覚悟おし！
新太之丞　無理だよ。だってもう死んでんだもん。
死売人　え？
新太之丞　おめーらもさっき川渡ってきたろ。あれ、三途の川。
弓吉　うそ。
新太之丞　うそついたって、しょーがないだろ。
格次郎　ほら、だから言うたんや。やっぱ俺達、あの時やられたんや、あの正雪とかいう野郎に。
筋平　いやだー。俺は信じねえ、信じねえぞ！
弓吉　筋平、男がそんなことで泣くんじゃないよ。

その時、天草四郎の亡霊、シルエットで登場。（紀香丸と同じ姿形。声はマイク処理）

四郎　こらこら、地獄門の前で騒いでるのは誰ですか。

新太之丞　な、なんだ、てめえは。

四郎　私か、私はこの地獄門を司る者。ははぁ、あなたか、古田新太之丞というのは。娘達が迷惑をかけました。

新太之丞　娘達、ああ耀子か、違う、じゃあ真紀。遥、照美、あざみ、ぺぎら。

格次郎　鬼畜でんなあ、あんさん。

弓吉　ぺぎらって何よ、ぺぎらって。

新太之丞　昔の話さ。眠そうな目をした女だった……。

四郎　今のは全部、あなたが迷惑をかけた女ですね。でも、私が言ってるのは違う。天草三姉妹のことです。

新太之丞　なに。

四郎　私の生前の名は天草四郎時貞。

新太之丞　ときさだ……？

弓吉　ななやぁこのとう。親父、今なんどきでぇ。

新太之丞　へえ、暮れ六つかと。

弓吉　（泣きながら）なな、やあ、この、とう……。

四郎　それは、時そば。私は時貞。紀香丸達の父親です。

新太之丞　じゃあ、あの島原の乱の。それが今では、地獄の門番か。

四郎　そんなところです。私は、自分の信じた道に殉じたから別にいいんですけどね。あの娘《こ》たちにまで、私と同じ道を歩ませることはない。憎いのは由比正雪と松平伊豆守。

新太之丞　どういうことだ。

四郎　そうか。あなたは何も知らないのか。ちょっと待ってください。いま、あなた方の頭の中に送りましょう。

　　四郎、念を送る。
　　それを受けて、一同の表情がころころ変わる。

格次郎　ちっくしょー。まんまとはめられたってわけや。

筋平　許せねえなあ。

四郎　すみません。娘達の事は許してやって下さい。

新太之丞　許すも許さねえもねえ。若い娘のやることにいちいち目くじらたてる俺じゃねえが。どうだ、四郎さん、ここは取り引きといかねえか。

四郎　取り引き？

新太之丞　俺を生き返らせてくれりゃあ、娘達は責任を持って救い出す。どうだ。
四郎　それは無理です。
新太之丞　なんで？　こいつ（半次）はしょっちゅう生き返ってたぞ。
四郎　人別帳があるんですよ。地獄の。それに一度名前がのっかるとどうしようもない。
新太之丞　半次さんは、今までのってなかったんですよ。
一同　人別帳？　そんなこと言われても信用できねえなあ。なあ、みんな。
四郎　そうだ、そうだ。
　　もー、しょーがないなー。これですよ、ほら。（帳面を出す）古田新太之丞、しっかり名前が書いてあるでしょ。（見せる）
新太之丞　半公、いまだ！

半次、見えない縄を投げる。
四郎の手から人別帳が奪われ、新太之丞の手に。

四郎　あ！
新太之丞　（人別帳に手をかけ）動くな、一歩でも動くとこの人別帳はばらばらだぞ。新太之丞、新太之丞。（頁をめくり）あった、こいつか。
半次　旦那。（筆を渡す）

新太之丞　古田新太之丞、一行抹消と。
四郎　あー、こら、やめなさい。
弓吉　あ、あたい達も、こっちも頼む。
新太之丞　もう俺の首を狙わないか。
格次郎　狙わへん、狙わへん。
弓吉　頼み人が裏切った以上、仕事の筋を通す筋合いはないわ。
筋平　助蔵の手助けがしてえんだ。頼む。
新太之丞　わかった。名前は？
弓吉　弓吉。
新太之丞　弓吉か。（消す）
格次郎　格次郎。
筋平　筋平。
新太之丞　格次郎に筋平っと。（消す）
半次　旦那、おいらは。
新太之丞　お前はだめだ。こんな大それた事して無事ですむと思うか。俺達の分まで閻魔大王に怒られなさい。
半次　そんな〜。
新太之丞　冗談だよ。（と、半次の分も消す）

四郎　こんなことして、ただですむと思ってるんですか。
新太之丞　思っちゃいねえが、先の地獄より今の浮世だ。今度こっちに来たら、たっぷり仕置きされらぁ。じゃあな。念のためにこの人別帳は預かってくぜ。
四郎　待ちなさい。
新太之丞　もう遅い。
四郎　……そのままの姿じゃ、三途の川を上るときに目立ちすぎる。地獄の使いの姿に化けて行きなさい。
弓吉　地獄の使い？
四郎　姿を変えてごまかすんです、人と悪魔のあいのこに。
新太之丞　四郎、おめえ。
四郎　それと、もう一つ。それはコピーです。浮世に戻れば消えてなくなります。（もう一冊帳面を出し）こっちの本物に、書き写しときますね。
新太之丞　あ、てめー。
四郎　娘達にあったら言ってください。もう私のために生きることはない。好きなことをしろって。
新太之丞　気が向いたらな。
四郎　それで結構です。

駆け去る新太之丞達、浮世の四人。
見送る天草四郎の亡霊。

――暗転――

第八景——大阪

大阪。曇屋の別邸。その庭。
奈々子丸と恭子丸が十字架に磔になっている。
その前にいる正雪、海雪、深雪、美坐或丸、阿国、丸兵衛、伊豆守。

丸兵衛 くるかな。
阿国 来るよ。こいつらがここにいることは、さりげなく流してる。明日は処刑の日よ。今宵、必ずここに救いにくる。
正雪 その時が、奴らの最後の時。
伊豆守 さすがは隠密同心、南蛮阿国だ。細工は流々か。
奈々子丸 ち、ちきしょ〜。
恭子丸 ぴーくん、なんで、なんでなの？
美坐或丸 僕は、いまでも君のこと、とっても綺麗だと思ってるよ。でも、僕の方がもっと綺麗だ。

奈々子丸　……わけがわからん。

と、かすかに地響き。

丸兵衛　なんだ？
伊豆守　どうした？
丸兵衛　いえ、さっきから足音が。
伊豆守　なに。

足音、徐々に大きくなる。

正雪　海雪、深雪。
二人　は。

二人様子を見に行く。
と、吹っ飛ばされるように戻ってくる。

伊豆守　どうした⁉

と、巨大な人型からくり登場。中に入っているのは助蔵。横で操縦器を持っている戯衛門。続いて納豆之介も登場。

正雪　なんだー？
丸兵衛　ば、化けもの！
戯衛門　はーっはっはっは。見たか、からくり侍、邪武暴魔神駄衛門《じゃんぼましんだえもん》。
納豆之介　女達は返してもらうぞ。伊豆守！
伊豆守　でかいだけのうどの大木だ。皆の者かかれ、かかれ！
戯衛門　行け、助蔵！
助蔵　おう！

襲いかかる深雪、海雪、美坐或丸。からくりが巨大な手を振るとふっとばされる。

一同　うわー。
納豆之介　ばかが。魔神駄衛門をただのからくりと思うなよ。

戯衛門　人の力をからくり仕掛けで増幅させる。それをこの操縦器で制御する。俺と助蔵とからくり、三つの力がひとつになったスーパーからくり人形なのだ。

紀香丸、その間に奈々子丸、恭子丸を助けようとしている。

恭子丸　のりねえちゃん！
紀香丸　大丈夫？　いま縄ほどくから。

二人を助ける紀香丸。

奈々子丸　あー、助かったー。

と、行く手をはばむ阿国。

阿国　にがしゃしないよ。
紀香丸　逃げてみせるよ。
納豆之介　いくぞ、戯衛門。強行突破だ。
戯衛門　わかった。

正雪　さすが戯衛門、腕をあげたな。儂のもとでからくり作りに励んだ頃に比べると雲泥の差だ。
戯衛門　いまさら、泣き落としはきかん。
正雪　そんなつもりはない。これが何かわかるか。

正雪、女の姿の小さいからくり人形を出す。

戯衛門　まさか、それは……。おリカ……。
正雪　そうだ、おリカだ。お前が一番最初に作ったからくり人形だ。いや、お前にとってはそれ以上のものだったな。
戯衛門　い、いうな。
正雪　さあ、戯衛門、その操縦器を渡せ。さもなければ、このおリカがどうなっても知らんぞ。
戯衛門　く。
助蔵　おい、戯衛門、何悩んでんだよ。
納豆之介　とっとと、やっつけて逃げ出すぞ！
戯衛門　し、しかし……。
正雪　儂のことは憎めても、おリカと過ごした日々が貴様に捨てられるかな。

戯衛門　わかった、（操縦器を放り出し）私の負けだ。
助蔵　おーい！
正雪　（操縦器を拾い）まだまだ青いな。（おリカ人形を戯衛門に放り投げる）
戯衛門　おリカ！（と、二人だけの世界に閉塞する）
納豆之介　戯衛門ー！
伊豆守　よくやった、正雪。
丸兵衛　どうやら形勢逆転のようですな。
納豆之介　くっそー、こうなれば。（刀を構える）
伊豆守　馬鹿が。貴様が糸引納豆之介などと名乗っている以上、一介の素浪人。この手で倒してもどこからもおとがめを受けぬ。いや、この知恵伊豆がもみ消してくれるわ。（刀を抜く）
納豆之介　勝手に歌ってろ。いくぞ！

伊豆守の刀が振り下ろされる。それを頭で受ける納豆之介。

納豆之介　見たか、真剣頭取り！
伊豆守　その手はきかん。丸兵衛！
丸兵衛　は。（手にした機械のハンドルをぐるぐる回す。刀に電線がつながっている）

納豆之介　うわわわ。（しびれる）な、なんだ、そりゃ。
丸兵衛　南蛮渡来のエレキテル。このハンドルを回すことで電気がおきて、あなたの頭を直撃する。
伊豆守　エレキの力で、頭を冷やせ。
納豆之介　くっそー。ううーん。（倒れる）
紀香丸　あー、納豆之介！
阿国　どうやら、おいつめられたようね。

包囲される天草三姉妹。その時、落雷。

新太之丞（声）　でっぴぃーるっ！

再び落雷。音楽。
稲光の中に立つ四人の男と一人の女、新太之丞、半次、格次郎。そして弓吉。その姿、悪魔人間《でびるまん》に、さも似たり。

新太之丞　古田新太之丞、地獄の底から帰ってきたぜ！
阿国　新太之丞！

紀香丸　なに、その格好。
新太之丞　地獄の使い、でびるまん侍！
助蔵　あ、姉御、格次郎、筋平！
格次郎・筋平　助蔵！
弓吉　何よ、あんた、その格好は。
助蔵　姉御こそ。
正雪　くそ、いけ！（操縦器を操る）
新太之丞　デビルカッター！（と、手裏剣を投げる）

正雪、操縦器を落とす。格次郎拾う。

半次　戯衛さん、しっかり！
戯衛門　……はんじ……半次か。（正気に返る）新之字、無事か！
新太之丞　俺は不死身なんだよ。
阿国　ど、どうして。
新太之丞　言ったろう。俺は上から90、56、88以上のきれいなねえちゃんにしか殺されねえんだよ。
阿国　だったら、あたしが！

新太之丞　てめえのバストはそんなにねえ！
阿国　ひ、ひどーい！
新太之丞　ばぁあーっと。しかし。
阿国　しかし……？
新太之丞　俺は、そんなお前でもいつでも、かもなまいらばーだ。
阿国　……ついてけないわ。
格次郎　行け、助蔵。
助蔵　おおおー。

暴れる魔新駄衛門。

伊豆守　ええい、散れ散れ。

逃げ出す伊豆守一党。

弓吉　逃がすかい。いくよ！

後を追う死売人。天草三姉妹。半次、戯衛門。

納豆之介を起こす新太之丞。

新太之丞　おい、おい、おきろ。俺だ、新太之丞だ。

納豆之介　（気がつく）あ、新太之丞、てめえ。

新太之丞　久しぶりだな。

納豆之介　なんだ、その格好は。

新太之丞　事情はあとだ。伊豆守を追う。

納豆之介　わ、わかった。

二人も走り去る。

☆

駆け込んでくる天草三姉妹。

と、その前に現れる美坐或丸。

美坐或丸　必殺、愛のバイブレーション！

恭子丸に愛のバイブレーションを送る。

恭子丸　うわわわ。
美坐或丸　さあ、おいで、深キョン。
恭子丸　びーくん……。
美坐或丸　僕たちの愛だけは本物のはず。さあ、姉さん達を斬って、こっちにおいで。
恭子丸　……って、そんな手が通用するかー！

美坐或丸を斬る恭子丸。続いて奈々子丸の斬撃。紀香丸とどめ。

奈々子丸　きょうちゃん。
恭子丸　恋に燃える女は強いけど、恋をあきらめた女はもっと強いのよ。
紀香丸　恋を知らない女は？
二妹　おねえちゃん、ファイト！

駆け去る天草三姉妹。

☆

逃げ込んでくる丸兵衛。
その前に立ちふさがる魔神駄衛門の助蔵。

丸兵衛　ま、まじんがー。
助蔵　曇屋丸兵衛、死売人の掟忘れたわけじゃないだろうな。
　別方向に逃げようとする丸兵衛の前に現れる格次郎。
丸兵衛　で、でびるまん。
格次郎　頼みに嘘が入っていた時は、頼み人にも死が訪れる。
丸兵衛　く、くそう……。
　また別方向に逃げようとする丸兵衛の行く手をふさぐ筋平。
丸兵衛　お、おおきいでびるまん。
筋平　貴様だけは許しちゃおけねえ。
丸兵衛　す、すまん、悪かった。お詫びは、この歌で……。
　懐からマイクを出す丸兵衛。
　そこに現れる弓吉。なぜかゲッター2の格好。

弓吉　ふざけるなー！

　　と、丸兵衛をドリルで一突き。

丸兵衛　……な、なぜげったあ2……。

　　倒れる丸兵衛。
　　各々ポーズを決める死売人。

☆

　　駆け込んで来る戯衛門。頭に鉢巻。
　　待ちかまえている正雪。

正雪　来たか、戯衛門。
戯衛門　追いつめましたよ、先生。
正雪　さて、追いつめられたのはどちらかな。（上半身を脱ぐとギブスをはずし出す）戯衛門、よくぞ成長した。儂にこれをはずさせたのは、うぬが最初よ。
戯衛門　手加減はしない。

刀をぬく戯衛門。

正雪　笑止。

襲いかかる正雪。強い。
圧倒的に押される戯衛門。

戯衛門　く、くそう。

正雪　口ほどにもない。師に刃向かう己の愚かさ、地獄で悔やめ。

襲いかかる正雪。
刀を弾き飛ばされ、手傷を負う戯衛門。

正雪　……ふふ、終わりだな。

と、突然ピンスポ。
そこにすっくと立つおリカ人形。
戯衛門におリカの声が聞こえる。

おリカ(声)　立って。立って下さい、戯衛門様。
戯衛門　き、君はおリカ。……俺は、幻を……。
おリカ(声)　ばか、何を弱気になってるんですか。
戯衛門　ダメだ、力の差がありすぎる。
おリカ(声)　弱虫！
戯衛門　え……。
おリカ(声)　……そんなことで死んでいった仲間に顔向けが出来るのですか。あたしは信じています。あなたは、こんなところで終わる人じゃない。
戯衛門　……おリカ。
おリカ(声)　お願い。戯衛門、戦って。
戯衛門　……。(おリカ人形をひっつかむと、何やらぶつぶつ言っている)……ふぇーど、ふぇーど……。(おリカを頭の鉢巻に装着)ふぇーどいん！
正雪　血迷ったか、戯衛門！
打ちかかる正雪。落ちていた刀をひっつかむと、その斬撃を弾き返す戯衛門。
正雪　なに!?

再び打ちかかる正雪の斬撃を受ける戯衛門。二人、つばぜり合い。

正雪　な、何故だ。なぜ、お前にこんな力が……。

戯衛門　貴様のようにすべてを裏切った男に負けるわけにはいかないんだ。俺には、守るものがあるからな!

正雪を押し返す戯衛門。

額のおリカ人形が誇らしげ。

戯衛門　観念しやがれ、由比正雪!

戯衛門の一刀が、正雪を断つ。

正雪　く。……こ、これで勝ったと思うなよ。

逃げようとする正雪。

その行く手に立ちふさがる紀香丸。

紀香丸　逃がすか！

正雪をめった斬り。

正雪　ぐわわっ！

絶命する正雪。

額のおリカを手に取り見つめる戯衛門。

戯衛門　……これでいいんだな、おリカ。（自分でうなずかせる）「はい、戯衛門様」

悦にいっている戯衛門。

紀香丸　……なんなの、あんた。

あきれ顔の紀香丸。

☆

屋敷の別室。
逃げ込んでくる伊豆守と阿国達くノ一隠密同心。
と、その行く手をふさぐ新太之丞と納豆之介。

伊豆守　ぬぬ。
新太之丞　逃げ場はねえぜ、伊豆守。
伊豆守　ぬぬぬぬぬ。
納豆之介　進退窮まったようだな、松平。
阿国　お殿様。
伊豆守　ふふふふふ。それはどうかな。
新太之丞　ぬ。
伊豆守　伊豆守は、知恵の権化。こんなところにノコノコと姿を現していたと思うのか。
阿国　え？
伊豆守　私こそは伊豆守様の影武者。いくら私を斬っても、無駄なことだ。
新太之丞　なに。
納豆之介　そういえば……。
新太之丞　どうした。
納豆之介　伊豆守と言えば、「ざんす」が口癖。が、こいつはまだ一度も「ざんす」を口にしていない。

新太之丞　なにぃ。じゃ、じゃあ、本物は、本物はどこだ。

伊豆守　（刀を抜き、お春をかばい）さ、お逃げ下さい。伊豆守さま！

お春　ええー⁉

納豆之介　お前かー‼（お春に打ちかかろうとする）

が、他の人間は一斉に伊豆守につっこむ。

一同　うそつけー‼

そのつっこみに、剣をとめる納豆之介。

伊豆守　な、なぜ、わかったざんすー。

新太之丞　わかるよ、ふつー。

阿国　あんた、さいてーかも。

納豆之介　まったく。見え透いた嘘を。なあ。

新太之丞　騙されてたよ、お前は。

納豆之介　え。

そこに現れる海雪と深雪。

二人　殿！

伊豆守　おお、まだお前達がいたか。頼んだざんすよ。

二人　は。

襲いかかる二人。
由比二兄弟のツイン攻撃に押され気味の新太之丞と納豆之介。

新太之丞　やるじゃねえか。

海雪　ふ。由比海雪――。

深雪　由比深雪――。

海雪　我等二兄弟の連続攻撃――。

深雪・海雪　必殺「ふたりはなかよし剣」！

深雪　そう簡単に破れはしない。

海雪　くらえ！

二人の攻撃に刀を飛ばされる新太之丞。

海雪・深雪に挟まれる新太之丞。

うちかかる二人。

と、その斬撃をかいくぐって海雪が握っていた柄の部分を摑む新太之丞。と、柄をグルリと逆回転させ、刃の部分を海雪の方に向ける。そのまま刀身の背を拳で殴る。

刃は勢いづいて、海雪にささる。深雪にも、同様の攻撃。

由比二兄弟、自分の刀が自分に食い込んでいる状態で静止。

その間に、落ちていた刀を拾い二人を斬る新太之丞。斬撃一閃！

由比兄弟、やられて姿を消す。

伊豆守　ああ、深雪。海雪。

その伊豆守に迫る納豆之介。

納豆之介　年貢の納め時だな。
伊豆守　（阿国達に）お、お前達。
阿国　…………。

が、阿国達は動こうとしない。
むしろ納豆之介に道をあける。

伊豆守　すまん、ごめんなさい。悪かったざんす。
納豆之介　だめだ。てめえだけはゆるせねえ。
伊豆守　わ、私を斬るざんすか。そ、そんなことをすればどうなるか、わかっているざんすね。
納豆之介　やかましい。お前は影武者だ!!
伊豆守　だから、それは嘘……。
納豆之介　聞く耳もたんわー!!

伊豆守を斬る納豆之介。

伊豆守　い、痛いざんすー。

伊豆守も姿を消す。

新太之丞　……終わったな。

闇が彼らを包む。

☆

暗闇にテロップが流れる。

テロップ　万治三年（一六六〇年）。老中松平伊豆守信綱は、落雷により損傷した大阪城修復工事指揮のため大阪入りした。が、その工事も終わらぬうちに、病のため所領、武蔵川越城に戻りそのまま隠居願いを出す。彼の死が公にされるのは、その二年後のことである。

数日後。浪速の空も日本晴れ。
遠くに大阪城のしゃちほこが輝く。
出てくる納豆之介と新太之丞。

新太之丞　そうか、いよいよ家を継ぐのか。

納豆之介　ああ、もう無茶はできねえよ。お前と女を取り合ったりしたのももう、夢のまた夢だ。一言、別れをいおうと出てきたんだが、とんだ長旅になっちまった。

新太之丞　松平伊豆守は病気療養で隠居したってことになってるそうじゃねえか。どんな裏技使ったんだ。
納豆之介　俺じゃねえ。それが、政治ってやつだとさ。
そこに現れる助蔵・格次郎。後から現れる弓吉、筋平。
助蔵　（納豆之介に）旦那！
新太之丞　おう、お前達。
納豆之介　今度の一件で殺し屋稼業にこりたみたいでな。一緒に国元に帰って面倒見ることにした。
新太之丞　あいかわらず面倒見がいいな。
納豆之介　それが、うちの家風なんだよ。年とって隠居したら、また旅にでらあ。じゃあな、一度水戸にも遊びに来い。いくぞ、助、格。
助蔵・格次郎　へえ。
新太之丞　あばよ、長丸《ちょうまる》。
納豆之介　今じゃ、光圀《みつくに》ってんだ。覚えといてくれ。
新太之丞　（弓吉と筋平に）おめえらはどうするんだ。
弓吉　あの二人だけじゃ心細い。あたいがついてなきゃどうしようもないでしょ。（と、手ぬぐいと手桶を取り出す）

筋平　まったく。（懐から風車を出すと、ふうっと吹く）

弓吉　あばよ。（駆け去る）

新太之丞　え……、あ、弓吉、ゆみ……、え？

見送る新太之丞。
その背後から現れる阿国。手に弓。
新太之丞めがけて矢を放たんとしたとき、紀香丸現れて、手裏剣を投げ、阿国の弓を打ち落とす。

紀香丸　ぼうっとしてると、寝首かかれるよ。

続いて紀香丸側から奈々子丸・恭子丸・阿国側からお春・お芝・お山登場。

阿国　この南蛮阿国、受けた借りは必ず返す。絶対お前の首取ってやるからね。覚えときな、新太之丞！

新太之丞　いいねえ。いい女につけ回されなきゃ、いい男とはいえねえよ。

阿国　すかしてんじゃねえよ！

阿国、お春、お芝、お山駆け去る。

紀香丸　まったく、懲りない男だねえ。

新太之丞　おうよ。懲りない媚びない反省しない。それが新太之丞三原則だ。お前達こそどうなんだ。あきらめたか、幕府転覆は。

紀香丸　冗談じゃない。まだまだ、これからだよ。

新太之丞　死んだ親父さんがなあ……。

紀香丸　え？

新太之丞　いや、なんでもない。好きでやってんなら、他人がどうこう言う事じゃねえ。頑張れよ。転覆トリオ。

三姉妹　天草三姉妹！

紀香丸　じゃあね！

駆け去る天草三姉妹。
出てくる戯衛門と半次。

半次　みんな、いっちゃいましたね。

新太之丞　戯衛門、いいのか。あいつら行かせて。

戯衛門　ああ、もう幕府転覆なんて俺にはあわん。気楽な浮草稼業が俺の道だよ。な、おリカ。（と、懐からおリカ人形を出す）
新太之丞　……そっとしとこう。
半次　そうっすね。
戯衛門　さ、行くか。
新太之丞　そうだな。きょうも東海道は日本晴れだ！

と、木地郎の声が響く。

木地郎　甘い、甘いぞ、新太之丞！

大阪城が動き出す。木地郎の変装だったのだ。

木地郎　この風魔木地郎ある限り、そうやすやすとは幕はおろさせん。密書はどこだ、新太之丞！
新太之丞　いっけねえ、あいつ全然話を理解してねえぞ。
戯衛門　三日前からあそこで、あそこでスタンバってたからだな。
半次　どうします。

新太之丞　とりあえず、逃げるさ！

駆け出す三人。

木地郎　あ、おのれ。待てー、待たんかー！

追いかける木地郎。
と、全員が現れ、歌と踊り。
脳天気なフィナーレである。

〈古田新太之丞　東海道五十三次地獄旅～踊れ！　いんど屋敷・幕〉

カナダからの手紙

古田新太

オイラの知る限り、中島かずきはいろんな顔を持っている。子供って言うわけでもないが、大人げない一面もあったりする。

本当にちゃんとした大人なんだけど、かずきさんはそんな部分をオイラたちに見せる。

言うなれば、「すごく勉強ができるが、学級委員にはなれない六年生のような人」だ。「親戚のオジサン」であったりもする。

劇団の稽古場には、しょっちゅうくるわけじゃないので、どうしても話題が古くなる。「君は昔こんな子やったよ」なんて言うおじさんだ。

でもって、面倒見がすごくいい。若い、それも気に入った子たちの面倒をよく見ている。反面、気に入らない奴が文句を言ったら、もっと文句を言わせるくらいイヤな事をする。

お酒を飲まないから、おいしいものを食べるのが好きだったり、血圧が高いから朝からハイテンションだったり。

かずきさんの奥さんと当時のオイラの彼女と4人で一緒にディズニーランドにいったときのこと。

キャプテンEOが大好きで、早く見たいという気持ちは分かるんだけど、みんなが並んでるところで「よくもこれだけヒマな人間がいるよなー」とか大声で話すのはやめてくれ。あんたもその一人だろ!!

自分の中でカテゴライズしたもの以外は信用しないかずきさん。

知らない話でももっともらしいでっち上げ話で参戦してくるかずきさん。

そんなわがままさ、きかんぼうなところは、きっと作家中島かずきにとって、大事な一面なんだろうが、人としてはどうか。

と言いながらも、かずきさんの構成力とセリフのチョイスの仕方には、たぐいまれなる才能を感じている。

もうそろそろ何か賞をあげないと、日本の演劇界はダメになるんじゃないか。

オイラ的にはそう思っているんだな。

ところで今オイラたちは、劇団☆新感線20周年記念公演「古田新太之丞 東海道五十三次地獄旅〜踊れ！　いんど屋敷」の稽古まっただ中である。

6年前の作品の再演である。

初演は6年前、ちょうど子供が産まれる前か。何も変わっちゃいねえな、本当に何も。

昨日も稽古終わりで飲みに行った。

いのうえさん、こぐれさん、サンボ、成志さん、村木ちゃんとである。

相変わらずこぐれさんは面白い。

何度も何度も同じツッコミを成志さんに入れる、クドイッ、クド過ぎて大笑いする。

そこにいのうえさんがチャチャを入れる。

何だこれ、何も変わっちゃいない。

6年前と一緒だ、ちょっと酒のぬけが悪くなったのと10kg程太ったぐらいか。

そもそもこの初演作品は、飲み会のアホな会話の中から産まれた。

「今度の秋公演どうするよ？」

「古田新太之丞、もう一回やろうよ」

「てなもんや三度笠やろうよ」

「歌謡時代劇やろうよ」

「タイトルはとりあえず何とでもなる。『東海道五十三次地獄旅』にしとけ」

ゲラゲラ。（笑）

こそっと一人が「ハヤシもあるでよ」とささやいた。ゲラゲラ。(笑)

ってなノリで決まっちゃったもんだから、ストーリーが立てやすいわけがない。

中島かずき氏はさぞかしご苦労なされたことだろう。

そんな再演である。今度は「いんど屋敷」だ。池田成志さんと深沢敦さんというゲストも呼んでのお祭り公演である。

とはいえ、成志さん、深沢さん共に劇団☆新感線の常連メンバーで、飲み仲間。劇団員も同然。なんの新鮮味もなくグダーッとした作品になるかと思いきや、あにはからんや、楽しいのである。

よく出来ているのだ、この話は。天才中島ここにありなのだ。

すごくバランスのいい作品である。

次から次に出てくる〝きちがいキャラ〟がいい具合でちりばめられていて、すがすがしくさえある。その作品をオイラたち劇団員があ・うんの呼吸でコントにしていく。

この作品は20周年にふさわしいといえるんじゃないかなと思う。いいかげんにタイトル決めて、かずきさんが必死に書いて、それをオイラたちがいのうえさんの演出の元、舞台に乗せる、いつものよりいつもっぽい劇団☆新感線、最高峰の作品かもしれないのだ。

何の節目にもならない20周年、オイラたち新感線の線路は続くどこまでもだ。

きっとこれからも年だけ食って何も変わらないのだろうな。

なんか書いてて益々いい作品に思えてきたぞ。
よーし、こうなったらこの作品と出会えた事を感謝しちゃおう。
書いたかずきさんに感謝しよう。
でも戯曲として出すのはどうか。

（10月10日記）

あとがき

えー、中島です。

この論創社のシリーズも『古田新太之丞　東海道五十三次地獄旅　踊れ！いんど屋敷』で三冊目になるのですが、前二冊が好きな人ごめんなさい。今回は、中身はないです。いや、本当に。

こういう本を、あとがき読んで買う人も少ないだろうけど、もし書店でめくってる人がいたら先に言っとく。ほんとに、馬鹿馬鹿しいよ。何かを得ようと思っちゃいけないよ。

「あー、くだんなかったー」

そういう感じで、夏のビールのように、喉越しを楽しんで欲しいもんです。

これだけ言っときゃ大丈夫かな。

さて、今のところ、これが中島最後のネタ物です。

ネタ物とは何かというと、ストーリーよりも、展開の馬鹿馬鹿しさや次から次に現れる妙なキャラクターなどで見せる、〝いのうえ歌舞伎〟と並ぶ新感線のもう一本の柱のこと。

まあ、そんなことは読んでもらえればわかることだが。

なんか、最近は新感線の物語担当みたいになってるけど、昔は結構ネタ物書いてたんですよ。

『ヒデマロ』シリーズとか。

それが、ここ最近、劇団関連公演が年二回かそれ以上のペースになって、一本は〝いのうえ歌舞伎〟かそれに類するものになってしまったんで、ギャグ優先の芝居を書くチャンスがほとんどなくなってしまったんだよなあ。

実は、この芝居は一九九四年に公演した作品です。

その時も、「久しぶりのネタ物だ」と思って緊張して臨んだんだけど、書き上げてみるとけっこういい感じでうまく転がったかなとホッとした記憶がある。

舞台もとても楽しい物に仕上がっていた。

ただ、宣伝活動の遅れとか、諸々の事情があって、思ったほどお客さんが入らなくて、なまじ芝居の出来がいいと思ってた分だけ、悔しい思いをしていた。

今回、再演に踏み切ったのも、六年前の悔しさからというのが大きい。

ただまあ、このネタ物というのは実に微妙で、まあはっきり言って賞味期限が短い。

ギャグのアイディアというのは、コロンブスの卵と一緒で、最初に立てられた時には驚くが、二回目からは「ふーん、それで」となってしまう。

実際に役者が演じるのであれば、その部分を役者の技量で毎回違う味付けにできる。その役者の間合い、声のトーン、表情。そんなことの複合技で、面白く見せることが可能だ。

たとえ「バナナの皮にすべって転ぶ」というネタだろうと、うまい役者がやれば今だって結構おかしいはずだ。そこに表現される人間が面白ければ、観てる方は素直に笑える。僕はそう思う。

が、これが台本となれば素材が丸投げだ。

だから、こうやって活字にすると、ほんとにくだらないことの羅列に見えてしまうかも知れない。戯曲集として出すのはどうだろうという迷いもあったのは確かだった。

でも、ここに出てくるキャラクター達はいい奴も悪い奴も妙な奴もみんなまとめて作者としちゃあ大好きだったりするんだよね。一本ねじがはずれた前向きな奴らばっかりで。

馬鹿な子ほど可愛いと言うし、これもまた俺が書いた作品なのは間違いないわけで、あとは買ってくれる人がいたら、ありがたし。深謝。という気分ですね。

「おいおい、ちょっと待て。芝居観たけど、この本とネタとか台詞とか随分違うぞ」

そう思う方もいるでしょう。

その通りです。それもまた、ネタ物の特性。

作者は作者なりに「これがおもしろい」というものを提示してるつもりだが、実際に役者と演出家が稽古場で作っていく過程でどんどん変更されていく事が多い。

それもまた、ギャグが生ものである証拠。特に今回は、本番には生バンドが入ると言うことで演出家に処理を頼んだ部分も多かったし。

まあ、こちらとしてはキャラクターの配置と性格とか人物設定。そして、細かいネタはともかく大きな骨組みは揺るぎにない物にしようと考えて書いたって事です。

まあ、「これはこれ、あれはあれ」ということで、芝居を観た人は、中島の台本といのうえ演出&新感線役者が作り出した舞台作品の差を楽しんでいただければ幸いです。

二〇〇〇年十月

中島かずき

古田新太之丞　東海道五十三次地獄旅〜踊れ！　いんど屋敷☆上演記録

大阪◉２０００年10月26日〜31日　シアター・ドラマシティ
東京◉２０００年11月４日〜21日　サンシャイン劇場
新潟◉２０００年11月25日〜26日　りゅーとぴあ　劇場
札幌◉２０００年12月９日〜10日　札幌市民会館

■キャスト

〈大江戸三馬鹿男〉
古田新太之丞＝古田新太
からくり戯衛門＝粟根まこと
ふぃっとねす小僧半次＝河野まさと
〈南蛮小屋の女達〉
南蛮阿国＝羽野アキ
お春＝中村なる美
お芝＝平川マサコ
お山＝西村かの子
〈天草恐怖の三姉妹〉
天草四郎紀香丸＝高田聖子
天草四郎奈々子丸＝保坂エマ
天草四郎恭子丸＝杉本恵美

〈闇の死売人〉

手妻使いの弓吉＝村木よし子

膨らま師の助蔵＝インディ高橋

けっとばしの格次郎＝礒野慎吾

一本釣りの筋平＝田尻茂一

〈バテレンかぶれの軍学者一派〉

由比正雪＝逆木圭一郎

呪寝美坐或丸＝吉田メタル

由比海雪＝川原正嗣

由比深雪＝前田　悟

〈変化自在の風魔忍軍〉

風魔木地郎＝こぐれ修

シコミ＝タイソン大屋

バラシ＝はだ一朗

ナグリ＝このまんま林

バビ平＝ヒロシ

〈歌う悪い人達〉

仮面侍Ｘ＝右近健一

曇屋丸兵衛＝深沢　敦

〈謎の義太夫〉

ギター＝岡崎　司

ベース＝高橋ヨシロウ

ドラム＝ＭＡＤ大内
〈謎のでか顔侍〉
糸引納豆之介＝池田成志

■スタッフ
作＝中島かずき
演出＝いのうえひでのり
演出助手＝坂本聖子
舞台監督＝芳谷研
照明＝松林克明（FLARE）
音響＝井上哲司（FORCE）
音効＝末谷梓、大木裕介
美術＝綿谷文男
大道具＝浦野正之（アーティスティックポイント）
特殊効果＝南義明（ギミック）
衣裳プロデュース＝竹田団吾
小道具＝高橋岳蔵
ヘアメイクデザイン＝河村陽子（DaB）
かつら＝奥松かつら
振付＝川崎悦子（BEATNIK STUDIO）
アクション・殺陣指導＝田尻茂一・川原正嗣・前田悟（アクションクラブ）
音楽＝岡崎司

音楽部＝右近健一
宣伝美術＝大島光二（グループ現代）
写真＝小田雅樹
メイク＝成田幸代
イラスト＝福田利之
協力＝イイジマルーム、クーリープロモーション、サードステージ、リコモーション
制作＝細川展裕、柴原智子、脇本好美、小池映子
企画製作＝劇団☆新感線・ヴィレッヂ

中島かずき（なかしま・かずき）
1959年、福岡県生まれ。立教大学卒業。舞台の脚本を中心に活動。1985年4月、『炎のハイパーステップ』より座付作家として劇団☆新感線に参加。以来、物語性を重視した脚本作りで、劇団公演3本柱のひとつ〈いのうえ歌舞伎〉と呼ばれる時代活劇を中心としたシリーズを担当。代表作に『Beast is Red～野獣郎見参！』『髑髏城の七人』『阿修羅城の瞳』などがある。

K. Nakashima Selection Vol. 3
古田新太之丞　東海道五十三次地獄旅～踊れ！　いんど屋敷

2000年10月20日　初版第1刷印刷
2000年10月30日　初版第1刷発行

著　者　中島かずき
発行者　森 下 紀 夫
発行所　論　創　社
東京都千代田区神田神保町2-19　小林ビル
電話 03(3264)5254　振替口座 00160-1-155266
組版　ワニプラン／印刷・製本　中央精版印刷
ISBN4-8460-0185-7　©2000 Printed in Japan
落丁・乱丁本はお取り替えいたします